插图本外国文学史系列丛书

插图本
拉美文学史

李德恩 孙成敖 编著

北京大学出版社
PEKING UNIVERSITY PRESS

图书在版编目(CIP)数据

插图本拉美文学史 /李德恩，孙成敖编著. —北京：北京大学出版社，2009.6
（插图本外国文学史系列丛书）
ISBN 978-7-301-15221-8

Ⅰ.插…　Ⅱ.①李…②孙…　Ⅲ.文学史—拉丁美洲　Ⅳ.I730.09

中国版本图书馆 CIP 数据核字(2009)第 075456 号

书　　　名：插图本拉美文学史
著作责任者：李德恩　孙成敖　编著
总　策　划：张　冰
责 任 编 辑：初艳红
标 准 书 号：ISBN 978-7-301-15221-8/I·2110
出 版 发 行：北京大学出版社
地　　　址：北京市海淀区成府路 205 号　100871
网　　　址：http://www.pup.cn
电　　　话：邮购部 62752015　发行部 62750672
　　　　　　编辑部 62767347　出版部 62754962
电 子 邮 箱：alice1979pku@pku.edu.org
印　刷　者：北京汇林印务有限公司
经　销　者：新华书店
　　　　　　787毫米×980毫米　16 开本　14.75 印张　120 千字
　　　　　　2009 年 6 月第 1 版　2009 年 6 月第 1 次印刷
定　　价：28.00 元

未经许可，不得以任何方式复制或抄袭本书之部分或全部内容。
版权所有，侵权必究　举报电话：010-62752024
　　　　　　　　　　电子邮箱：fd@pup.pku.edu.cn

前 言

在人们的眼里，文字配上了插图便成了一本浅显的普及读物，谈不上学术的含量。但也并非完全如此，世界经典《堂吉诃德》配上法国著名画家古斯塔沃·多雷的插图便相互辉映，相得益彰。笔者编写的这部《插图本拉美文学史》根本无法与名著、名画相比拟，只能说对他者形式的模仿，鹦鹉学舌而已。但《插图本拉美文学史》的用意在于激发读者阅读的兴趣，加深读者的印象，对拉美文学有所了解。虽然这部文学史谈不上有多么深刻的见解，但也不是草率、敷衍之作，对一些问题提出笔者的看法。众所周知，哥伦布发现新大陆，这是不争的事实，但如何界定西班牙征服者在美洲征服过程中的拉美文学便是个问题。有些学者将西班牙征服者所见所闻而写的纪事称之为"征服时期文学"，这种提法未必恰当。因为，对印第安人来说，他们虽然是拉美土地的主人，在被征服的过程中他们却是沉默的，是没有发出声音的种族。在这一时期的文学创作者是西班牙的官兵、传教士，他们创作的纪事、诗歌应归属于西班牙文学，完全可以从拉美文学史中删除。不过，为了说明印第安人被征服中的状况和他们的处境，通过西班牙征服者耳闻目睹所记叙的事实来印证印第安人与西班牙征服者的抗争、被征服时的不幸，同时暴露西班牙征服者的暴行，毋庸讳言，也有一些富有人文主义思想的征服者对印第安人的同情。为此，在拉美文学史上独辟一章介绍当时发生的情况也有其可取之处，但这一时期的文学是印第安人被完全征服前的殖民地时期的文学，或前殖民地时期文学，而不是西班牙征服者在征服中的文学，或征服时期文学。上述说法是否可行，还待读者指正，这将是一本普及读物引起的争议吧。

由于受到字数的限制，拉美国家又很多，作家、诗人层出不穷，在撰写上只能择优而从，尽量做到简约、精炼。拉美最南端的国家巴西使用的是葡萄牙语，因笔者对葡萄牙语一窍不通，只能请葡萄牙语文学专家孙成敖教授代劳了；书中的插图仰仗中央电视台罗萌先生在百忙中帮助搜索，在此表示诚挚的感谢。同时也对出版社的领导张文定先生、外语编辑部主任张冰女士表示敬意，不知他们如何产生出版这套读物的创意，并让笔者付诸实施。更要感谢初艳红女士身怀六甲还为这本读物忙碌不迭。

李德恩
2009年1月8日

目 录

第一章　古印第安文学 ·· 1
　　一、阿兹特克帝国的纳瓦语文学 ······························ 3
　　二、玛雅帝国的基切语文学 ···································· 8
　　三、印加帝国的克丘亚语文学 ································ 13

第二章　前殖民地时期文学（15世纪—16世纪初）············ 15
　　1. 克里斯托弗·哥伦布 ·· 16
　　2. 埃尔南·科尔特斯 ·· 17
　　3. 贝尔纳尔·迪亚斯·德尔·卡斯蒂略 ························ 19
　　4. 巴尔托洛梅·德·拉斯·卡萨斯 ······························ 20
　　5. 阿隆索·埃尔西利亚-苏尼克 ······························· 21
　　6. 印加·加尔西拉索·德·拉·维加 ····························· 22

第三章　殖民地时期文学（16世纪中叶—17世纪末）········· 25
　　1. 贝尔纳尔多·德·巴尔武埃纳 ································ 28
　　2. 胡安·德尔·巴列-卡维埃德斯 ······························ 28
　　3. 卡洛斯·德·西格恩萨-贡戈拉 ······························ 29
　　4. 索尔·胡安娜·伊内斯·德·拉·克鲁斯 ······················ 29
　　5. 胡安·鲁易斯·德·阿拉尔孔-门多萨 ······················· 31

第四章　新古典主义文学（18世纪—19世纪初）··············· 33
　　1. 华金·费尔南迪斯·德·利萨尔迪 ···························· 34
　　2. 何塞·华金·德·奥尔梅多 ···································· 35
　　3. 安德烈斯·贝略 ··· 36
　　4. 何塞·马利亚·埃雷迪亚 ····································· 37
　　5. 曼努埃尔·爱德华多·德·戈罗斯蒂萨 ······················ 38
　　6. 马里亚诺·梅尔加尔 ··· 39

第五章 浪漫主义文学（19世纪） …… 41
1. 埃斯特万·埃切维利亚 …… 42
2. 多明戈·福斯蒂诺·萨米恩托 …… 44
3. 何塞·马莫尔 …… 47
4. 西里洛·比利亚维尔德 …… 48
5. 胡安·蒙塔尔沃 …… 50
6. 豪尔赫·伊萨克斯 …… 52
7. 伊格纳西奥·曼努埃尔·阿尔塔米拉诺 …… 53
8. 阿尔维托·布莱斯特·加纳 …… 54
9. 里卡多·帕尔马 …… 56

第六章 现代主义文学（19世纪末—20世纪初）…… 59
1. 鲁文·达里奥 …… 61
2. 何塞·马蒂 …… 63
3. 何塞·亚松森·席尔瓦 …… 65
4. 曼努埃尔·古铁雷斯·纳赫拉 …… 67
5. 胡利安·德尔·卡萨尔 …… 68
6. 莱奥波尔多·卢贡内斯 …… 69
7. 里卡多·海梅斯·弗雷伊雷 …… 71
8. 阿马多·内尔沃 …… 73
9. 胡利奥·埃雷拉-雷西格 …… 75
10. 何塞·桑托斯·乔卡诺 …… 76

第七章 拉美先锋派诗歌（20世纪初—20世纪中叶）…… 79
一、后现代主义 …… 80
　1. 冈萨雷斯·马丁内斯·恩里克 …… 80
　2. 卡夫列拉·米斯特拉尔 …… 82
二、创造主义 …… 85
　维森特·维多夫罗 …… 86
三、尖啸主义 …… 89
　曼努埃尔·马普莱斯·阿尔塞 …… 89
四、极端主义与马丁·菲耶罗主义 …… 92
　1. 奥利韦里奥·希龙多 …… 93
　2. 豪尔赫·路易斯·博尔赫斯 …… 94

第八章 拉美后先锋派诗歌（20世纪中叶— ） …… 97
1. 塞萨尔·阿夫拉姆·巴列霍 …… 98
2. 尼古拉斯·克里斯托弗·纪廉 …… 101
3. 巴勃罗·聂鲁达 …… 103
4. 奥克塔维奥·帕斯 …… 106

第九章 现实主义文学（20世纪初— ） …… 111
一、高乔诗歌与高乔小说 …… 113
1. 何塞·埃尔南德斯 …… 114
2. 里卡多·吉拉尔德斯 …… 117
二、墨西哥革命小说 …… 120
1. 马里亚诺·阿苏埃拉 …… 121
2. 阿古斯丁·亚涅斯 …… 123
三、大地小说或地域主义小说 …… 124
1. 奥拉西奥·基罗加 …… 125
2. 何塞·欧斯塔西奥·里韦拉 …… 128
3. 罗慕洛·加列戈斯 …… 130
四、土著主义与印第安主义小说 …… 132
1. 胡安·莱昂·梅拉 …… 133
2. 克洛林达·马托·德·图尔内尔 …… 134
3. 西罗·阿莱格里亚 …… 135
4. 何塞·马丽亚·阿尔格达斯 …… 136
5. 豪尔赫·伊卡萨 …… 137
6. 阿尔西德斯·阿尔格达斯 …… 138
五、魔幻现实主义小说 …… 139
1. 米格尔·安赫尔·阿斯图里亚斯 …… 140
2. 阿莱霍·卡彭铁尔 …… 143
3. 阿图罗·乌斯拉尔·彼特里 …… 145
4. 胡安·鲁尔福 …… 148
六、心理现实主义小说 …… 150
埃内斯托·萨瓦托 …… 150
七、结构现实主义小说 …… 152
马里奥·巴尔加斯·略萨 …… 152

八、拉美新小说 ······ 154
　　1. 胡安·卡洛斯·奥内蒂 ······ 154
　　2. 奥古斯托·罗亚·巴斯托斯 ······ 156
　　3. 阿道弗·比奥伊·卡萨雷斯 ······ 157
　　4. 吉拉尔莫·卡夫雷拉·因方特 ······ 159
　　5. 莱奥波尔多·马雷查尔 ······ 161
　　6. 米盖尔·奥特罗·西尔瓦 ······ 162
　　7. 爱德华多·马列亚 ······ 164

九、"文学爆炸"中的新小说 ······ 165
　　1. 加夫列尔·加西亚·马尔克斯 ······ 165
　　2. 胡利奥·科塔萨尔 ······ 169
　　3. 卡洛斯·富恩特斯 ······ 171
　　4. 何塞·多诺索 ······ 173
　　5. 阿尔瓦罗·穆蒂斯 ······ 175

十、后"文学爆炸"中的小说 ······ 177
　　1. 曼努埃尔·普伊格 ······ 178
　　2. 费尔南多·德尔·帕索 ······ 179
　　3. 阿尔弗雷多·波里塞·埃切尼克 ······ 181
　　4. 安东尼奥·斯卡尔梅达 ······ 182
　　5. 塞尔希奥·拉米雷斯·梅尔卡多 ······ 184
　　6. 伊萨贝尔·阿连德 ······ 186
　　7. 塞尔希奥·比托尔 ······ 188

第十章 巴西文学 189
一、殖民时期文学 ······ 190
二、浪漫主义时期文学 ······ 193
三、现实主义时期文学 ······ 201
四、20世纪巴西现代文学 ······ 208

拉丁美洲文学大事年表 ······ 223
巴西文学大事年表 ······ 225

第一章

古印第安文学

哥伦布发现新大陆之前,在美洲的土地上散居着各种印第安部落,形成了不同的印第安文化核心,其中最著名的有阿兹特克文化、玛雅文化和印加文化,它们构成了先进的美洲文明或印第安文明。阿兹特克文化发生在墨西哥谷地和中央高原;玛雅文化分布在墨西哥南部和尤卡坦半岛、伯利兹、洪都拉斯、危地马拉和萨尔瓦多;印加文化位于秘鲁、厄瓜多尔、玻利维亚,以及哥伦比亚、阿根廷和智利的一部分。阿兹特克文化和印加文化,由于西班牙征服者的入侵而被摧毁,玛雅文化则在公元987年突然衰败,在不到一百年的时间内便销声匿迹了。

一、阿兹特克帝国的纳瓦语文学

创造阿兹特克文化的阿兹特克人是一支慓悍的印第安部落,他们笃信太阳的化身、战神乌伊戚洛波奇特利,关于这位战神有这样的一个传说:

> 战神乌伊戚洛波奇特利的母亲、大地女神科阿特利库埃在科阿特佩克山丘下清扫时,遇到一根绒毛,这根绒毛进入了她的体内,就这样怀了孕,胎儿就是战神乌伊戚洛波奇特利。大地女神的女儿科约尔哈乌基对母亲神秘的怀孕感到莫大的耻辱,于是挑唆她的400个兄弟前往科阿特佩克山丘,要处死他们的母亲。这时大地女神的胎儿对母亲说不用害怕,他将会保护她,她只要告诉他以科约尔哈乌基为首的400个兄弟从哪儿来就行了。就在他们到达时,战神乌伊戚洛波奇特利出世了,脸上涂着各种颜色,手臂和大腿上抹上了蓝色,手持火蛇向他的兄弟们扑去,砍下了科约尔哈乌基的头,她的身躯从山丘上滚下,摔得粉碎。战神乌伊戚洛波奇特利本是太阳的化身,科约尔哈乌基代表了月亮,她的400个兄弟是天上的星星,象征黑暗。战神战胜了月亮和黑暗,赢得了光明。

阿兹特克战士

这则神话反映了阿兹特克人尚武的传统,个人的荣辱取决于勇敢,这形成了他们好勇斗狠的性格。他们的好战也是为了抓获俘虏,以俘虏的鲜血祭祀战神乌伊戚洛波奇特利。所以,阿兹特克人以流血和死亡为荣,渴望马革裹尸,战死沙场。

有什么比得上战死光荣?
有什么比得上长眠于花丛?
啊,战死者是多么幸福,
我的心总在期待着这种命运。

阿兹特克人约在12世纪征服了活动于墨西哥谷地的另一支部落托尔特克人,并在特斯科科湖中的岛上建立了特诺奇蒂特兰,即现今的墨西哥城。

阿兹特克人为何把特诺奇蒂特兰建在特斯科科湖的一个岛上?这是因为阿兹特克人有一个传说:

第一章　古印第安文学　5

战神乌伊戚洛波奇特利指示阿兹特克人迁徙新的地方，因为他们现在居住的阿兹特兰土地贫瘠，蛇蝎出没，是一块"白色的地方"。根据战神的旨意，只有在一只雄鹰爪里抓住一条蛇、停在一棵巨大的仙人掌的地方，才可以在那里建立自己的国家，并会得到大量的金、银、铜和许多珍贵的宝石。于是，阿兹特克人在他们的领袖铁诺支的率领下开始远征。在他们前进的路上，有一只蜂鸟为他们引路，终于在特斯科科湖的一个岛上看到了战神所预言的情景。他们排除了部分湖水，连接了其他的岛屿，建成了特诺奇蒂特兰。

特诺奇蒂特兰是阿兹特克人的天堂，却是西班牙征服者的地狱。西班牙人科尔特斯率领500多名士兵组成的远征队，于1519年4月在现今的韦拉克鲁斯登陆，后又深入到墨西哥内地。

当时阿兹特克帝国皇帝蒙特苏马二世对乘着"浮动房子"前来的"白脸皮的人"感到恐惧，以为印第安人传说中的羽蛇神将变成有胡子的"白脸皮的人"即"白神"回来了。于是，他派人与科尔特斯接触，要求他们不要进入阿兹特克帝国。科尔特斯拒绝了他的要求，与对蒙特苏马二世的统治不满的其他部落结盟，组成一支15万人的大军，向阿兹特克帝国的首都特诺奇蒂特兰进发。

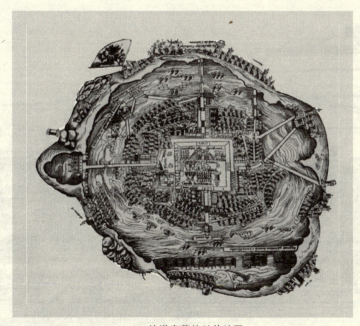

特诺奇蒂特兰的地图

敌人兵临城下，蒙特苏马二世不战而降，于1519年11月8日亲自出城恭迎"白脸皮的人"。科尔特斯俨然以一国之君自居，在特诺奇蒂特兰指手画脚，他在参观印第安人的神庙时，提出捣毁所供奉的神像，树立他们的十字架。这引起了阿兹特克人的反感。阿兹特克人假借欢庆节日为名，袭击了平时颐指气使的西班牙征服者。为了保存实力，科尔特斯下令撤出特诺奇蒂特兰。在一个漆黑的夜晚，西班牙征服者带着他们抢劫来的财富，星夜逃出阿兹特克人的京城。但阿兹特克人早已破坏了通往陆地的桥梁，他们一踏上桥便纷纷落水，那些带宝石和黄金最多的首先丧了命，因为人落水后，沉重的黄金把他们拖入了河底，要了他们的命。这一夜，一半以上的征服者被杀死，这就是历史上著名的"悲伤之夜"。

1521年5月21日，西班牙征服者在科尔特斯的指挥下攻占了特诺奇蒂特兰，他们烧杀抢掠，无恶不作，所到之处，阿兹特克人的房屋、庙宇和宫殿都被夷为平地。这场战争持续了4个月。阿兹

西班牙征服者进入特诺奇蒂特兰

第一章 古印第安文学

特克帝国的新皇帝、蒙特苏马二世的侄子瓜坦莫克与他的臣民们浴血奋战,抗击入侵者。科尔特斯曾6次提出"和平"建议,诱骗瓜坦莫克投降,均遭拒绝。最后瓜坦莫克被俘,英勇就义,阿兹特克帝国最终覆灭。直到今天,墨西哥人民仍敬仰瓜坦莫克,把他作为民族英雄永远怀念。

阿兹特克人在生产和生活实践中观察天象、自然和事物的变化,创造了建筑、历法、医学、文字等先进的文化,他们也善于用诗歌的形式表达他们在征战中勇敢无畏的情感:

> 战场是这样一个地方:
> 诸神把战争之酒斟满,
> 神鹰展开了染血的翅膀,
> 美洲虎的咆哮震撼山川,
> 宫倾玉碎珠玑落散,

羽毛王冠踏成泥浆，
王公贵族也难以生还。

阿兹特克人的诗歌，并非都是集体创作的，抒情诗就是个人感情的流露、宣泄。这些诗歌大多是由擅长诗歌创作的君主、酋长、祭司、头人创作的，瓜瓜乌辛（Cuacuauhtzin）便是一位头人，他创作的《鲜花和歌》歌颂了诗人纯洁的心灵：

用玄武岩雕刻的重约18吨的头像

鲜艳的花儿发芽，生长，
花冠上花蕾朵朵，
歌的鲜花从你内心里流淌：
你，噢！诗人，把鲜花撒给了人间。

阿兹特克人除了诗歌也创作散文，这些散文大多比较实用，以道德训诫和箴言居多，例如《父亲对儿子劝告的开场白》、《君子对他孩子们的告诫》、《反对欺骗和虚伪》等。口头流传的谚语也被看作一种散文形式，诸如"假使你是一颗真正的星星，你就不必用火把照明"、"怎么躺下就怎么起来"等谚语在印第安人生活中常被应用。但其寓意颇为深刻，它的内容也比道德说教之类的散文丰富得多，故而印第安人的谚语能流传到今天。

独石雕像

二、玛雅帝国的基切语文学

玛雅文化，在10世纪突然消亡，至今仍是不解之谜。外族入侵、战争、叛乱、瘟疫、气候变化造成的严重干旱，耕地满足不了日益增长的人口的需要；造船技术的进步使玛雅人摆脱了独木舟，驾驶装有桅杆和风帆的船只离开密林深处进入了沿海地区，导致玛雅社会的解体等说法不一，莫衷一是。不过，从被誉为印第安人的《圣经》的神话《波波尔·乌》（*El Pohol Vuh*）的第三部分关于玛雅人的3次迁徙来看,玛雅人的生活极不稳定,处于某种威胁之中。玛雅人的消亡并非出自某种单一的原因,而是由各种综合因素促成的。玛雅文化消失了,但玛雅人并未完全灭绝,在15世纪形成了几个小国家,后被西班牙征服者所征服。

玛雅文化的发展从他们对人的起源的探索可见一斑。玛雅人极具想象力,他们的《波波尔·乌》比《圣经》造人的想象力要丰富、复杂得多,《圣经》说,"耶和华神用地上的尘土造人,将生气吹在他鼻孔里,他

玛雅枝头鸟装饰的彩绘碗

1702年整理的《波波尔·乌》手抄本

玛雅人石雕

就成了有灵的活人,名叫亚当。"而《波波尔·乌》中造人的想象是建立在生活实践的基础上的:

三个神通力合作,首先创造了动物,但动物不会说话,后又用泥巴捏人,这些泥人会说话,却没有思想,头不会动,脸歪向一边,遇水便变成了一摊泥;众神又用木头做人,这些木头人会说话,有子孙后代,但没有血液,容易干裂,况且炊具和家畜都反对他们,最后一场暴风骤雨把他们摧毁,幸存的木头人逃到山上成了猿猴;众神又重新设计,用玉米造人。这些玉米人走遍万水千山,有智慧,懂得宇宙的奥秘,知道对众神感恩戴德,这就是人的始祖。

在玛雅人的典籍、文献中,除了被发现的《波波

玛雅人壁画

墨西哥尤卡坦的玛雅古迹(库库尔坎金字塔)

尔·乌》外,还有《拉维纳尔武士》(*Rabinal achí*)和《契伦·巴伦之书》(*Los libros de Chilan Balan*)。《拉维纳尔武士》是一部戏剧,讲述了拉维纳尔部落和基切部落之间的战争,拉维纳尔部落战胜了基切部落,捕获了基切部落的酋长,并将其杀害,该剧还表现了基切酋长视死如归的气节。《契伦·巴伦之书》则是玛雅人的一部纪事性散文,作者是一位祭司,他将天文、地理、宗教、习俗、神话、传说和玛雅人周围发生的一切都记录在册,还记载了玛雅人在被西班牙征服前后的生活。

玛雅人石像

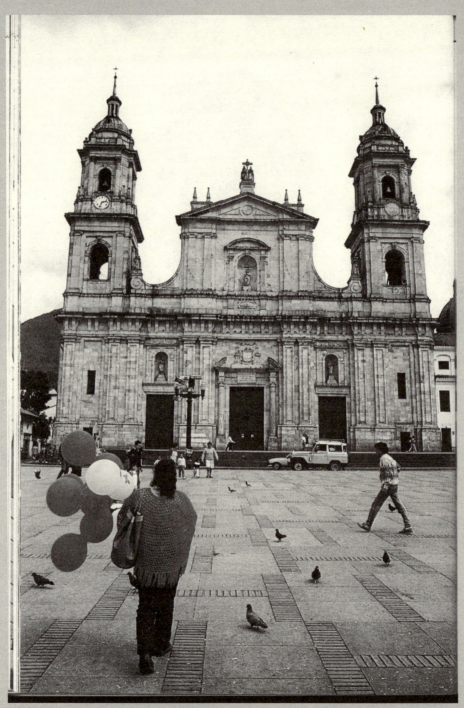

波哥大大教堂(哥伦比亚)

三、印加帝国的克丘亚语文学

印加文明始于公元前 900 年,传说中统治印加帝国的有 13 代帝王,但能确凿证明印加帝王统治的始于第 9 代印加王帕查库蒂·印加·尤潘基,此王于 1438 年继位。在他的治理下,先后征服了各个印第安部落,占领了卡哈马卡、那斯卡、利马等地,特别是在 1470 年消灭了强大的奇穆王国后,把一个原是 4 个部落的印加,建成了庞大的印加帝国,其首都设在离利马 30 公里处的库斯科,意为"大地的肚脐"。

位于库斯科西北约 75 公里的马丘比丘故城遗址,分为南北两部分,南部用于农耕,北部便是市镇,小径交错犹如迷宫,是印加文明的摇篮。在这座城堡中诞生了 1572 年抗击西班牙统治的印加领袖阿马鲁。

印加文化已颇具规模,农业相当发达,天文历法非常精确,他们的太阳历长度为 $365\frac{1}{4}$ 天。但印加人

玛雅纪年石碑上的象形文字

波南帕克壁画

印第安舞者

没有文字,只有结绳纪事,这阻碍了印加文化的发展。因此,印加的传说、诗歌、戏剧等文学形式没有文字记载,靠口头流传。由于代代相传,传到最后就变了样,一则传说,或一首诗歌便有了不同的说法,几种版本。印加人的戏剧《奥扬泰》(*Ollantay*),历经几个世纪的口头流传,现存数个抄本,人物、情节、发生的年代、最后的结局与原来的民间传说略有出入。这部戏剧讲述了军事将领奥扬泰欲娶印加王之女为妻,遭拒后便率兵叛变。印加王发兵攻打其城堡,久攻不下。此时印加王驾崩,其子图帕克·尤潘基派其大将诈降,将奥扬泰俘获。新王不仅不杀他,反而重用,把印加公主嫁给奥扬泰。此剧反映了当时印加各部落之间的矛盾和冲突,被公认为印加的文学经典。

秘鲁马丘比丘印加古迹

第二章

前殖民地时期文学

(15 世纪—16 世纪初)

印第安文学的四大名著:《波波尔·乌》、《拉维纳尔武士》、《奥扬泰》和《契伦·巴伦之书》,除了《契伦·巴伦之书》未经西班牙传教士"污染"、完整地保持了原貌外,其余3部都是经由西班牙传教士的整理、出版,才重见天日,这不能不说是印第安民族的悲哀。西班牙征服者给印第安民族带来了前所未有的灾难,使印第安人从此沉默、失语,不再发出他们的声音,出现了印第安文学上的空白,不得不由西班牙人捉刀代笔,将他们的经历、耳闻目睹、书信纳入拉美文学的史册,这就是拉美文学中的前殖民地时期文学。

哥伦布

1. 克里斯托弗·哥伦布(Cristobál Colón, 1451—1506) 意大利航海家,出生于热那亚毛纺织工人家庭。早年在父亲的作坊里做工,在商船当过水手。1476年所乘的商船沉没,游抵葡萄牙南部海岸而脱

西班牙女王资助哥伦布航行

险，3年后与葡萄牙女子结婚。哥伦布坚持"日心说"，认为与马可波罗东行方向相反的西行亦可到达东方。他设计的西行计划遭到葡萄牙国王胡安二世的拒绝，转而求助于西班牙女王伊莎贝尔，女王经过再三斟酌，最终与哥伦布签订了《圣菲约定书》。经过4次艰苦卓绝的航行，哥伦布不仅发现了新大陆，而且对新大陆的人文、地理有了大致的了解，但他至死还认为他发现的陆地是印度。他生前留下的《航海日记》（Diario de navegación）和给西班牙国王的4封奏呈是研究拉丁美洲和印第安人的重要资料。

2. **埃尔南·科尔特斯**（Hernán Cortés, 1485—1547）西班牙征服者，出生于埃斯特雷马杜拉省麦德林的小贵族家庭。小时体弱多病，在萨拉曼卡大学学习时，因病辍学。1511年作为出征古

埃尔南·科尔特斯

第一次航行中，哥伦布遇到友好的印第安人的情形

埃尔南·科尔特斯奏呈

巴的贝拉斯克斯的秘书随同前往古巴,被贝拉斯克斯委派领导对墨西哥的远征,但他未经同意擅自组织一支远征队伍,远征墨西哥,并取得了成功。科尔特斯一共给国王写了4封奏呈,报告他为西班牙王室效力所取得的成就,从中也流露出对印第安文化的赞叹,其中第二封奏呈详细地描写了特诺奇蒂特兰这座奇迹般的古城。

特诺奇蒂特兰这座伟大的城市建立在咸水湖里,从陆地到城市的主体有二列瓜(西班牙里程单位,1列瓜合5,572.2米),从陆地任何地方都可进去。城市有4个入口,所有的道路都是人工铺成的,它有两根骑士长矛那样宽。这座城市有塞维利亚和科尔多瓦那样大。城市街头,我说的是

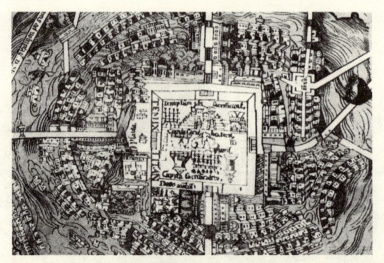

叹为观止的特诺奇蒂特兰古城规划图

第二章 前殖民地时期文学

主要街道，非常宽，也非常直，这些街道和另外一些街道占地面的一半，另一半则是水。独木舟在水中穿行，鳞次栉比的大街由水道连接，在一些宽阔的水道上有桥梁，桥上架设着精致加工的横梁，部分桥梁可由并行的10匹马同时通过。……

这座宁静、平和、繁荣的城市，被科尔特斯率领的西班牙征服者破坏了，为了夺取这块土地，西班牙征服者不惜与印第安人决一死战，最终把它变成了瓦砾遍地的废墟。

3. 贝尔纳尔·迪亚斯·德尔·卡斯蒂略（Bernal Díaz del Castillo, 1496—1581） 西班牙征服者，生于梅迪纳·德尔·坎波。追随一些征服者来到美洲，参加了对古巴、墨西哥、洪都拉斯、危地马拉的征服。最后定居危地马

贝尔纳尔·迪亚斯·德尔·卡斯蒂略

特诺奇蒂特兰

拉，并在那儿得到封地。在危地马拉完成了《征服新西班牙信史》（*Historia de la conquista de la nueva España*，1552）。

《征服新西班牙信史》详尽地记载了以科尔特斯为首的西班牙人征服墨西哥的全部过程，也涉及了科尔特斯和他的政敌的矛盾和斗争，他们不惜用武力解决他们之间的争端。作者在叙述征服墨西哥的过程中，自然要提及与印第安人的接触，与他们的交往，目睹他们的宗教礼仪、风俗、服饰、食物、工具、器皿以及生活轶事，同时也印证了科尔特斯对特诺奇蒂特兰的描写。《征服新西班牙信史》的价值便在于记载了印第安人生活中方方面面的情况，为研究阿兹特克人的社会形态和生活方式提供了依据。阿兹特克人虽已有文字，但这种文字大部分还未破译；并且由于西班牙征服者对典籍的焚毁，流传至今的已所剩无几，因而《征服新西班牙信史》便成为弥足珍贵的史料。

4. 巴尔托洛梅·德·拉斯·卡萨斯（Baltolomé de las Casas, 1474—1566） 西班牙传教士，生于塞维利亚。就读于萨拉曼卡大学，攻读哲学和神学课程。其父参加了哥伦布的第二次西行，还带回来一名印第安奴隶。拉斯·卡萨斯参与了哥伦布第四次美洲之行，在东印度群岛被授予神父之职。受文艺复兴人文主义思想的影响，他坚决反对分封领地和虐杀、奴役印第安人，主张保护印第安人的权益。他谴责西班牙人在美洲实行奴役印第安人的制度，与西班牙王室的贵族和西班牙征服者展开了3次大辩论，进行了针锋相对的斗争。为了揭露西班牙征服者的暴行，写下了《西印度毁灭史略》（*Brevísimo relación de la destrucción de las lndias*，1552），书中指出，印第安人"心地善良，待人诚恳，思想敏捷，天资聪颖"，"西班牙人像穷凶极恶的豺狼闯进这群驯服的羔羊中来"，生活在西班牙岛上的300万人，现在只剩下200人，古巴岛目前也渺无一人。由于拉

巴尔托洛梅·德·拉斯·卡萨斯

第二章 前殖民地时期文学

斯·卡萨斯对印第安人的强烈情感和态度，人们称他为"印第安人的辩护士"。他还出版了两部具有史料价值的著作《西印度史》（*Historia de las Indias*）和《西印度辩护史》（*Apologítica historia de las Indias*）。

阿隆索·埃尔西利亚·苏尼克

5. **阿隆索·埃尔西利亚－苏尼克**（Alonso Ercilla-Zuñica, 1533—1594） 西班牙征服者，生于贵族世家。曾为西班牙王子费利佩的随从，陪同王子访问弗兰德地区和英国。21岁时作为征服者到过秘鲁和智利，1577年加入了镇压智利阿劳坎人的战争。根据亲历的这场战争，创作了长诗《阿劳加纳》（*La Araucana*, 1569）。全诗共分3部分37章，2万行，前15章是在美洲完成的，其余的写就于西班牙。第一部分叙述西班牙征服者的入侵，阿劳坎人领袖劳塔罗率部落抵抗，在激战中战死；第二部分描绘了阿劳坎人在新的部落首领考波利坎的指挥下打败了西班牙入侵者；第三部分讲述了西班牙入侵者收买叛徒，偷袭阿劳坎人得手，考波利坎被抓，英

西班牙征服者与印第安人

印加·加尔西拉索·德·拉·维加

维加出版的《王室述评》

勇就义。这部长诗既赞扬了阿劳坎人英勇善战，坚强不屈，热爱自由，也歌颂了西班牙征服者的功绩，同时描写了智利的自然景色和阿劳坎人的习俗。但诗中对西班牙征服者的统帅加西亚·乌尔塔多·门多萨只字不提，显然是作者流露出对他的不满，这大概源自西班牙征服者的残暴行径。

6. 印加·加尔西拉索·德·拉·维加（Inca Garcilazo de la Vega, 1539—1615）秘鲁历史学家，生于库斯科。其父是西班牙贵族、征服者的统领，母亲是印加帝国的公主。21岁时（1560）去了西班牙，从此便踏上了不归路。维加去西班牙是为了请求王室赐予他父亲遗产作为其父战功的酬劳，和收回属于其母的几处地产，但他的愿望未能实现。维加曾在西班牙军队中服役，参与了镇压摩尔人暴乱的战斗，最后老死在他父亲的国度里。

维加在70岁高龄时出版了《王室述评》（Comentarios reales, 1609）第一卷，副标题为《叙述秘鲁诸王——印加人的起源，他们的信仰、法律、和平和战时的政府组织、生活和武力，以及西班牙人到来之前这个帝国的一切》，第二卷是在作者逝世后出版的，标题为《秘鲁的历史，它的发现，西班牙人的得手，以及皮萨罗和阿尔马格罗争夺土地而产生的内讧，暴君的兴起，和他们所受的惩罚，以及其他等等》（1617）。

第二章　前殖民地时期文学

　　《王室述评》以历代印加王为叙述对象，讲述印加王的生平事迹、发生在他们身边的各种事件，和国家典章、法律法规、祭祀典礼、神话传说、各种动植物和物产等，包罗万象，犹如百科全书。书中所述史料翔实、可信，以印加王内讧为例，维加做了具体而微的描述：印加王瓦伊纳·卡帕克生有二子，死前把他与征服了的基多（现今的厄瓜多尔首都）部落公主所生之子阿塔瓦尔帕封为基多的印加王，他原来统治的库斯科的印加帝国王位由他的儿子瓦斯卡尔继承。瓦伊纳·卡帕克死后库斯科的印加王瓦斯卡尔要求基多的印加王阿塔瓦尔帕向他俯首称臣。后者佯装服从，提出去库斯科向瓦斯卡尔朝觐，并以祭奠先父为名，率领精锐部队向库斯科进发，待瓦斯卡尔发现阿塔瓦尔帕的不良居心，为时已晚，他本人被俘，印加王室成员被赶尽杀绝。第二卷叙述了西班牙征服者皮萨罗和阿尔马格罗的内战和发生的历史事件，以及印加帝国被征服，印加王阿塔瓦尔帕被俘、被杀的经过和图帕克·阿马鲁反对西班牙人统治的武装起义。

马丘比丘

印加大道

亚马孙印第安人仍然使用口吹飞镖射杀猎物

印第安人在殖民者的重压之下屈服

《王室述评》是作者站在印加王室的立场上,对印加帝国成败、历史事件的评说,也是对征服者各种记事的纠偏,那些征服者不懂克丘亚语,把道听途说的话语诉诸文字,歪曲了事实。此外,他们以种族优越论的视角来分析和判断美洲的事物,使事物原来的面貌走了样,得出错误的结论。毋庸讳言,维加在讴歌印第安人文化、歌颂印加帝国伟大的同时,也站在西班牙父辈的一边,赞许对印加帝国的征服。这无疑是维加长期生活在西班牙,受他们的影响所致。

皮萨罗与阿塔瓦尔帕在卡哈马尔卡的会晤

第三章

殖民地时期文学

(16世纪中叶—17世纪末)

基多圣芳济各修道院

西班牙征服了新大陆后，分别于1535、1542、1717和1776年建立了新西班牙总督辖区（墨西哥）、秘鲁总督辖区、新格拉纳达总督辖区（哥伦比亚）和拉普拉塔总督辖区（阿根廷），由王室任命各总督辖区的总督——拉美最高统治者，这些总督把西班牙的政治体制、经济模式和生活方式全盘移植到这块被征服的土地，形成了西班牙式的社会结构：权力金字塔，在金字塔顶端的是那些身居要职的西班牙征服者，他们掌握着殖民地辖区的一切权力，在他们之下的是克里奥约（父母均为西班牙人，即西班牙裔）——在拉美土生土长的西班牙人，还有一些从西班牙移居到美洲的西班牙人。他们与他们的父辈和宗主国有着千丝万缕的联系，他们的思想意识、行为方式和生活习俗都酷似宗主国的西班牙人，他们受过良好的教育，深受西班牙文化的影响。

因此，

16世纪末17世纪初西班牙盛行的巴罗克文风也在拉美的克里奥约中引起反响。巴罗克是一种宫廷艺术，以浮华、夸饰、雕琢而著称，这种艺术形式正迎合了从美洲掠夺了大量财富而暴富的西班牙王室和贵族疯狂享受的需要，也在拉美滋生，甚至有过之而无不及。总督的官邸犹如西班牙王宫般豪华，宫中礼仪繁缛，御用文人或宫廷诗人用尽了华丽溢美之词为总督歌功颂德，这些都体现了巴罗克风格。这种巴罗克风格不仅在文学方面，在建筑、艺术上也大行其道，甚至影响到人们的谈吐、服饰和社会生活中的方方面面。

巴罗克风格的雕塑

第三章 殖民地时期文学

巴罗克建筑

贝尔纳尔多·德·巴尔武埃纳

《市长爱情》

《医生爱情舞曲》

1. 贝尔纳尔多·德·巴尔武埃纳（Bernardo de Balhuena, 1562—1627）墨西哥诗人，生于西班牙。从小随父来到墨西哥，在墨西哥上的大学，他的大部分时间是在墨西哥度过的，曾出任牙买加修道院院长、波多黎各主教，并在波多黎各去世。他创作的《墨西哥的伟大》（Grandeza mexicana, 1604）共分9章，内容包罗万象，从地貌、植物、习俗、教育、文化到社会和政府的组成，无所不有。为了突出墨西哥的伟大和美，诗人把他曾生活过的纳亚里特州的村镇和墨西哥城作了鲜明的对照，以对纳亚里特州村镇阴暗狭窄、小家之气的描写来衬托墨西哥城的伟大，证明墨西哥城不愧为墨西哥的文化中心。这首诗因其亮丽的风格和丰富的史料而被认为是当时最杰出的佳作，诗中也可发现西班牙巴罗克风格的痕迹。

2. 胡安·德尔·巴列－卡维埃德斯（Juan del Valle y Caviedes, 1652—1692）秘鲁诗人，出生于西班牙波古纳的富有家庭。从小随父生活在秘鲁，20岁左右去了西班牙，4年后再回到秘鲁。父亲去世后得到了一大笔遗产，从此便挥霍无度，放荡不羁。得了一场重病，被误诊后侥幸活了下来，就此对医生极为不满，他的讽刺诗《帕尔纳索的牙齿》（Diente del Parnaso）便是对医生的挖苦、讽刺，言词尖酸刻薄，还揭露了社会中愚昧、迷信等恶习，说出了人们对殖民社会的感受。巴列－卡维埃德斯的诗风颇似西班牙警句派诗人克维多，在他的诗作中常有"财富是祸不是福"、"穷人聪明富豪蠢"等精辟的箴言，他还写过《医生爱情舞曲》（Baile cantado del amor médico）和《赌徒爱情舞曲》（Baile del amor tahúr）等短剧和幕间剧《市长爱情》（El amor alcalde）。在他的作品中总是渗透着一种幽默滑稽，用讽刺的笔法描写社会。

3. **卡洛斯·德·西格恩萨－贡戈拉**（Carlos de Sigüenza y Gongora, 1645—1700） 墨西哥诗人，生于西班牙。父母是西班牙人，未成年就加入了耶稣会，成年后脱离了教会。曾任教于墨西哥大学。在他的一生中有两件事值得一书：1681年，彗星横空，引起了墨西哥人的恐慌，为此，他写了一部《天文学和哲学的天秤座》的著作，科学地解释了彗星现象；1692年由于粮食匮乏，市民造反，焚烧了总督的王宫，保存档案的市政会议厅也被殃及，西格恩萨不顾一切冲入火海，把典籍、文献悉数从火堆中救出。1693年参加考察彭萨科拉海湾，并绘制海湾图。在文学方面，他的创作遵循巴罗克风格，主要作品有：《西印度群岛的春天》（*Primavera indiana*, 1668）、《克雷塔罗的荣

卡洛斯·德·西格恩萨－贡戈拉

誉》（*Glorias de Querétaro*, 1660）等，他最出色的是一部介于游记和小说之间的散文《阿方索·拉米雷斯遭遇英国海盗的厄运》（*Lnfortunios que Alonso Ramírez padeció en poder de piratas inglesas*, 1690），诗人以第一人称叙述了拉米雷斯的人生，他生于波多黎各，曾到墨西哥、菲律宾谋生，在那儿发了财，在罗宋岛做完生意后返回途中，被英国海盗劫持，沦为奴隶。接着诗人讲述了英国海盗的残忍、无情，塑造了西班牙人、英国人和印第安人的形象，被视为墨西哥的第一部散文。

4. **索尔·胡安娜·伊内斯·德·拉·克鲁斯**（Sor Juana lnés de la Cruz, 1651—1695） 墨西哥女诗人，生于墨西哥城附近的乡村。父亲是西班牙人，母亲是克里奥约（土生白人）。胡安娜是个平凡的女子，却有着不平凡的一生。她生性好学，从小就显露了她的聪明才智，跟随姐姐上学时，自己学会了读书，那时才3岁。生活在外祖父家里，读遍了外祖父所有的藏书。为了学拉丁文，不顾父母反对，女扮男装，坚持去大学上课。凭借顽强的毅力，攻读了修辞学、神学、历史、音乐、物理、算术、星占学等学科，并且学会了写诗。由于她的聪明才智和出众的容貌被召进墨西哥副王的总督府，任总督夫人的侍官。但在宫中只生活了两年，对宫中的虚荣奢侈和虚度年华的社交生活不胜其烦，终于

墨西哥人崇拜的保护神瓜达卢佩圣母

离开了宫廷。为了文学创作和科学研究把自己关闭在修道院里达28年之久。1690—1691年期间墨西哥灾祸频仍,风暴、水灾、饥馑、瘟疫和动乱接连不断。为了赈济灾民,捐赠了她的4,000册藏书和所有的财产。1695年墨西哥鼠疫流行,在照料病人时,不幸被传染,病殁于同年的4月17日。

女诗人是位桀骜不驯的女性,对社会、对人生有自己独立的思考。她敏锐的洞察力使她看到,在封建社会中的伦理道德是为男性统治而设立的,女性只能听命于男性的支配,因此,她谴责男性的虚伪、卑劣:

> 男人们多么愚蠢
> 无端地责备女人,
> 全然不见自己
> 正是责任的起因。
> 既然以无限的欲望
> 向她倍献殷勤,
> 为何怂恿她作恶
> 又要她安守本分?
> ……
> 即使最谨慎的女子
> 也难得好名声,
> 答应你们,杨花水性
> 拒绝你们,无意无情。①

---

① 引自赵振江所编的《历代名家诗选》,昆明:云南人民出版社,1988年。

第三章　殖民地时期文学

在女诗人的一生中，创作了不少为宫廷而作的颂歌、颂词、宗教剧和喜剧，其中不乏取悦权贵的倾向，也有对社会生活的真实反映。最能代表女诗人文学成就的是她的诗歌、民谣和散文，最著名的是长诗《初梦》(*Primer sueño*, 1689)，全诗有875行，是一首12音节的诗。女诗人采用人格化的手法描绘她的一夜之梦：梦初，宇宙万物沉睡在黑暗中，只有人体派生的幽灵开始了知识的飞行，进入了无际的苍穹，凭借亚里士多德的逻辑思维和坚强的意志遨游太空，探索宇宙。但困难和挫折接踵而至，正是由于人类求知欲望，大胆进取，突破了夜的阴影。太阳出来了，"最后一道明亮的阳光，驱散了梦和朝霞"，白日胜利了，女诗人也从梦中苏醒。女诗人通过白昼与黑夜这一自然现象的变化，说明光明必然驱散黑暗，尽管黑夜笼罩大地，但白日终究取得了胜利。由于女诗人深受巴罗克风格的影响，用词绮丽，有些诗句和词汇显得深奥难懂，有西班牙诗人贡戈拉雕琢的印痕。

5．胡安·鲁易斯·德·阿拉尔孔–门多萨（Juan Ruíz de Alarcón y Mendoza, 1581—1639）　墨西哥剧作家，生于墨西哥城，克里奥约。1600年随家迁居西班牙，在萨拉曼卡大学攻读神学和法学，后在塞维利亚当律师。1608年返回墨西哥，就读墨西哥大学艺术系，并获得了硕士学位。由于身材矮小、鸡胸罗锅，4次谋求大学教职，均遭拒绝，被迫前往西班牙，再也没有回到墨西哥。

阿拉尔孔创作颇丰，戏剧作品计有23种之多，较为著名的有《超人的胆量》(*Los*

胡安·鲁易斯·德·阿拉尔孔–门多萨

pechos privilegiados)、《隔墙有耳》(Las paredes oyen)、《可疑的真理》(La verdad sospechosa)。《可疑的真理》是他的代表作,向人们展示一种道德的训诫:说谎的结果是自己吃亏,受损害的还是自己。该剧主要描写了一个惯于说谎的青年加西亚,其父贝尔特兰为了不让儿子的陋习传到王宫里,早点儿让儿子完婚。他选择了首饰店里两个姑娘中加西亚最喜欢的姑娘哈辛塔,加西亚却以为把另一个姑娘许配给他,于是便撒了一个弥天大谎,说他已在萨拉曼卡结婚。哈辛塔得知后既生气又难过,一气之下与另一青年胡安订了婚。加西亚后悔莫及,只得向另一姑娘伸出了求婚之手。

阿拉尔孔的戏剧创作并不一帆风顺,有些是成功的,也有一些失败之作。当时,西班牙戏剧大师洛贝·德·维加饮誉文坛,无人与其匹敌。从墨西哥来的阿拉尔孔自知望尘莫及,于是改变创作思路,突破维加的模式,创作自己的戏剧,使戏剧情节发展缓慢、舒展,删除了维加戏剧中的歌舞场面,对话简短、场面紧凑,时间、地点明确,他的简洁、明快的风格引起了西班牙人的注意,并受到他们的欢迎。

墨西哥人为阿拉尔孔所取得的辉煌成就感到骄傲,称他是第一个冲出殖民地海关,并参与到欧洲文学洪流中去的人。

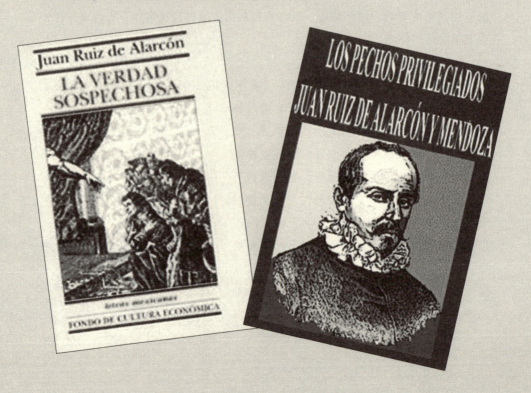

第四章

新古典主义文学

(18 世纪—19 世纪初)

巴罗克风格在拉美为时不长便销声匿迹了，古典主义也发生了变异，文学艺术的民族化、本土化随着克里奥约民族意识的觉醒而萌动，这种觉醒出自于他们对所处的社会地位的亲身感受和体验；在权力金字塔中，他们只能担任低于来自西班牙殖民者的官职，对权力分配的歧视、社会地位的不平等和财富分配的不均感到不满和愤慨；这种觉醒也出自他们对新大陆由衷的热爱和钟情。新古典主义便在克里奥约的争取自身权利和歌唱拉美山水的颂歌中应运而生。

华金·费尔南迪斯·德·利萨尔迪

西班牙殖民者殴打印第安人

1. 华金·费尔南迪斯·德·利萨尔迪（Joaquín Fernández de Lizardi, 1776—1827）墨西哥作家。用小说形式创作的《癞皮鹦鹉》（*El Periquillo sarniento*）确切地反映了拉美独立战争发生前"山雨欲来风满楼"的状况。《癞皮鹦鹉》中的主人公佩德罗·萨尼恩托穿着绿上衣、黄裤子，酷似鹦鹉，便有了"癞皮鹦鹉"的绰号。上学后，与品行不端的同学为伍，学会了耍无赖、吵嘴、骗人、吹牛和赌博，最后混到一张学士的文凭。因一起盗窃案的牵连被捕入狱，在狱中受尽狱长和囚犯的折磨。出狱后做过公证人的助手、理发师的学徒、药房的伙计，还代理过镇长，但他恶习不改，继续作恶，被捕法办。被法院判处充军8年，为国王去马尼拉服役。回到西班牙后又与狱中的难友一起拦路抢劫，伏击商队，结果被警察打得落花流水，在逃跑的路上见到被绞死在树上的难友，触景生情，回忆自己罪恶的一生，幡然醒悟，毅然去向牧师忏悔。最后，与助过他一臂之力的恩人的女儿马格丽塔结婚，过上了幸福的生活。

小说的大团圆结局反映了作者的乌托邦理想。然而，现实的丑陋与作者的理想社会背道而驰：监狱中的黑暗、神父的虚伪、官吏的盘剥欺诈、上流社会的挥霍奢侈等种种罪恶迫使作者投入到拉美独立战争的洪流中去。作者清楚地看到这场战争是实现他所向往的民主、自由、平等社会的途径。在他任塔斯科城助理法官时，把城市里军火库的武器弹药提供给墨西哥民族英雄莫雷洛斯率领的起义军。

何塞·华金·德·奥尔梅多

2. **何塞·华金·德·奥尔梅多**（José Joaquín de Olmedo, 1780—1847）厄瓜多尔诗人，更是一位政治家。他以诗作《胡宁大捷：献给玻利瓦尔的颂歌》(*Oda a la victoria de Junin: canto a Bolivar*, 1825) 而闻名。全诗906行，共分为7个部分，以第4部分"爱国者胜利之歌"作为前后3部分的分界、对称，前3部分描述的是胡宁大捷，后3部分则是阿亚库乔大捷。通过胡宁和阿亚库乔的胜利，突出委内瑞拉民族英雄、南美独立运动领袖西蒙·玻利瓦尔的光辉形象，而在玻利瓦尔的背后却是印第安人的印加王和阿兹特克酋长，他们的英灵预示着独立战争的胜利，在拉美大地上赢得自由和繁荣。虽然领导拉美独立战争的并非印第安人，而是西班牙后裔克里奥约，但他们认同印第安人和印第安人的祖先。

奥尔梅多讴歌的玻利瓦尔担任了大哥伦比亚共和国（哥伦比亚、委内瑞拉、厄瓜多尔）总统，他率领的军队于1824年8月和12月分别在胡宁和阿亚库乔击败了西班牙殖民者，使秘鲁赢得了独立。之后玻利瓦尔又担任了为纪念他而命名的玻利维亚共和国总统。奥尔梅多积极支持、参与玻利瓦尔的解放事业，1822年7月陪同秘鲁民族英雄圣马

阿亚库乔决战战场

丁在瓜亚基尔会见玻利瓦尔，共商解放西属美洲的事宜。

奥尔梅多站在厄瓜多尔的弗洛雷斯将军一边，支持厄瓜多尔独立。1830年厄瓜多尔退出大哥伦比亚共和国，弗洛雷斯将军出任独立后的厄瓜多尔总统，奥尔梅多则为副总统。因不满弗洛雷斯将军实行独裁，奥尔梅多与弗洛雷斯将军发生矛盾。弗洛雷斯将军死后的总统选举中仅以一票之差落选，于1847年去世。生前曾出使英国，在那里结识了委内瑞拉的新古典主义者安德烈斯·贝略。

3. 安德烈斯·贝略（Andrés Bello, 1781—1865） 委内瑞拉诗人，曾是西蒙·玻利瓦尔的家庭教师。1810年6月10日作为西蒙·玻利瓦尔的助手来到英国，与奥尔梅多相识。贝略是杰出的新古典主义诗人，在他众多的诗歌作品中，《致诗神》（A locución a la poesía, 1823）和《热带农艺颂》（A la agricultura de la zona tórrida, 1826）是新古典主义的典范。

《致诗神》和《热带农艺颂》又称为"美洲的席尔瓦"分别写于独立战争的前后。《致诗神》共有834行，此诗具有新古典主义常有的内容：讴歌美洲大陆辽阔富饶的土地和绚丽的自然风光，抒发对家乡的热爱，缅怀独立战争中的先烈，展示诗人对美洲主义的信仰。《热带农艺颂》创作于独立战争胜利之后，此时摆在人民面前的是战后重建家园的问题。《热带农艺颂》，除了新古典主义对美洲大陆的歌颂外，提出了人民要以自豪、骄傲的心态治愈战争的创伤，开发农村，重建家园；克服陋习，防止淫荡、污秽生活的侵蚀，团结一致，建设美好的新国家。在诗行中渗透着诗人强烈的美洲主义豪情："啊，年轻的国家／戴着胜利的桂冠／屹立在惊愕的西方面前！"

《致诗神》和《热带农艺颂》代表了贝略在文学上的最高成就。贝略还把大量的时间和精力都投入到启蒙运动中，不仅培养了伟大的解放者西蒙·玻利瓦尔，在担任《阿劳坎人周刊》（1830—1853）主编和创建并担任智利大学（1843）校长期间也启蒙了大批的青年学子。他学识渊博，阅历丰富，仿佛是一部百科全书，在文史

安德烈斯·贝略

哲方面都有精湛的造诣,为智利起草的民法至今仍在使用;他编写的《西班牙语法》对现代语言学的研究仍有它的价值。他还创作了《委内瑞拉历史概况》、《拉丁文语法》、《认识的哲学》、《最新宇宙志》和《人权原则》,翻译了德国史诗《尼伯龙根之歌》、意大利诗人博亚尔多的叙事诗《热恋的罗兰》和拜伦、雨果的作品。贝略不愧为勤思、博学,以其生命去实践理想的拉美文坛巨擘。

解放者玻利瓦尔

4. 何塞·马利亚·埃雷迪亚(José María Heredía,1803—1839) 古巴诗人。埃雷迪亚在青年时代便有了民族意识,从事政治活动。但古巴在拉美是较迟独立的国家,直到20世纪初才宣告独立,成立古巴共和国。民族和个人的不幸所产生的忧伤,使诗人为民族独立呼号,奔走时不免带上个人的色彩。为了古巴的解放事业,诗人游走于古巴、墨西哥和美国之间。1821年参加了秘密的革命团体,曾被西班牙判处死刑。1823年刚刚当上律师后便流亡美国,1825年又到了墨西哥,加入了墨西哥国籍。埃雷迪亚一生中创作了135首诗歌,在墨西哥期间参观了世界闻名的大瀑布后写下了《尼亚加拉的颂歌》(A Niágara,1824),在歌颂尼亚加拉大瀑布的雄伟壮观、气势磅礴时,触景生情,诗人胸中的爱国之心、思乡之情也汹涌澎湃。为了探望年迈的老母,诗人不得不向独裁者塔贡将军请求宽恕,表现了一个革命者的软弱。不过,从中也可看出诗人对亲人的拳拳之心。

诗人16岁时在乔卢拉地区被掩埋的神坛废墟浮想起被毁灭的印第安文明,创作了154行的《在乔卢拉的神坛上》(1825),缅怀昔日的岁月,追忆印第安人的踪迹:

何塞·马利亚·埃雷迪亚

我坐在乔卢拉
著名的金字塔上。
茫茫平原在我面前蔓延
一眼望不到边。
多么寂静！多么和平！谁会说
在这美丽的原野竟笼罩着
野蛮的压迫，谁会说这盛产谷物的土地，
这人血育肥的良田
曾有迷信和战争泛滥？①

在这首诗中，欧洲古典主义的痕迹已悄然不见，取而代之的是阿兹特克人和他们用智慧建造的金字塔，而他的《尼亚加拉的颂歌》则展示了在赞美大自然瑰丽的景色时潜藏着自我的孤独、寂寞和难以化解的痛苦。因此，文学史家称埃雷迪亚是站在浪漫主义门槛上的诗人，开创了拉美浪漫主义诗歌的先河。

5. 曼努埃尔·爱德华多·德·戈罗斯蒂萨（Manuel Eduardo de Gorostiza, 1789—1851） 墨西哥剧作家，生于墨西哥的贝拉克鲁斯。4岁时移民西班牙，1833年回到墨西哥，参与了自由派和保守派的政治斗争。1836年美国鼓动墨西哥的得克萨斯"独立"，1845年美国兼并了得克萨斯，次年又发动侵略墨西哥的战争。年过六旬的戈罗斯蒂萨积极参加了反对美国的侵略战争，在丘鲁布斯科修道院保卫战中，不畏强敌，英勇奋战。

戈罗斯蒂萨是一位具有埃雷迪亚浪漫气质的剧作家，他创作了6部喜剧，最著名的是《跟你一道吃面包和葱头》（Contigo pan y cebolla, 1833），这是一部蕴含着浪漫情调、幽默诙谐的剧作。剧中的女主人公马蒂尔德是一位家境富有、18岁的独生女，沉湎于爱情小说中。受这些小说影响，她认为理想的白马王子应该是穷困潦倒、一无所有的年轻人。而他的男友爱德华多生活富裕，服

---
① 赵振江编：《拉丁美洲诗选》，昆明：云南人民出版社，1996年。

曼努埃尔·爱德华多·德·戈罗斯蒂萨

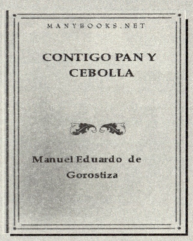
《跟你一道吃面包和葱头》

饰时尚,还将继承其叔叔的遗产。爱德华多向她求婚时遭到了拒绝。为了说服马蒂尔德,爱德华多佯装被剥夺了叔叔财产的继承权,不得不外出谋生。他的举动得到了马蒂尔德的同情,愿意嫁给他。马蒂尔德的父亲早已与爱德华多串通,假装不同意这门亲事,于是爱德华多把马蒂尔德掳走。他们住在一个小阁楼里,生活窘迫,马蒂尔德还常受她的同学的欺负。最后马蒂尔德的父亲来访,她承认了自己的幼稚、无知,从此与爱德华多过上了美好幸福的生活。这出喜剧的情节并不复杂,但马蒂尔德对婚姻态度的转变充满了浪漫、风趣,这种为实现自己心中的理想不惜抛弃一切的举动,正体现了追求自由的时代精神。

6. 马里亚诺·梅尔加尔(Mariano Melgar, 1791—1815) 秘鲁诗人。自1780年秘鲁爆发了图帕克·阿马鲁领导的起义以来,西班牙殖民者严厉镇压秘鲁人民的反抗,实行血腥的殖民统治。在争取秘鲁独立的乌马乔利战役中,梅尔加尔被俘,在战场上被杀害,时年24岁。

梅尔加尔17岁时进入圣赫罗尼莫神学院,毕业后留校任教,只因对一位名叫梅丽莎姑娘的爱而放弃了神职。他的诗歌充溢着感伤主义的色彩。

马里亚诺·梅尔加尔

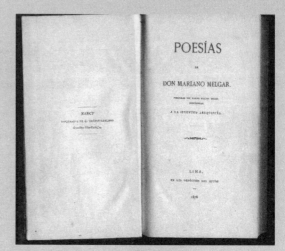
《诗歌集》

> 亲爱的希尔维亚，我哭泣……眼泪干枯，
> 请允许我在苦水中
> 把受伤的灵魂从我的胸部掏出。
> 我哭泣，我痛楚
> 让黑夜的服丧黑纱做我的唯一伴侣，
> 我的心已经破碎。①

诗中蕴藏着深沉的痛苦，让世人感觉到即将到来的浪漫主义。新古典主义和浪漫主义并无实质性的差异，新古典主义反对西班牙殖民统治，浪漫主义反对独立后的独裁统治，二者都是为了对自由的追求，所不同的是浪漫主义带有更多的个人色彩。在文学艺术上，新古典主义和浪漫主义都仿效西班牙文学，深受西班牙文学的影响，而浪漫主义则出现了转向欧洲文学的倾向。直到现代主义的盛行才彻底摆脱了西班牙文学的窠臼，以法国和意大利文学为楷模，创造出一种新的文学模式。

---

① 拉丁美洲使团编：《拉丁美洲诗集》，北京：外语教学与研究出版社，1994年。

第五章

浪漫主义文学

(19 世纪)

民族英雄贝尼多·华雷斯的漫画像

19世纪是拉美独立的世纪，在文学上则是浪漫主义的世纪。拉美诸国独立后，殖民地的生活方式原封未动：印第安人和各种混血种人依然没有社会地位，过着贫困的生活；大庄园依旧，宗教势力仍很强大。独立后最大的变化是军阀独裁者取代了西班牙的总督，他们乘独立战争之机攫取了权力，实行独裁统治，扼杀了民众在争取独立时的热情，窒息了自由的气氛，造成了社会动乱、内战频仍、政局动乱的政治局面。经过独立战争洗礼和文艺复兴、欧洲启蒙运动影响的新古典主义者，如果还停留在对祖国河山的歌颂上显然不适合时代的需要，浪漫主义便在反独裁的革命骚动中拔地而起，势如破竹地席卷了整个大陆，它的出现是时代的要求、文学的需要，它不仅是文学运动，也是思想运动。

1. 埃斯特万·埃切维利亚（Esteban Echeverría, 1805—1851）阿根廷诗人、作家，生在首都布宜诺斯艾利斯。父亲是西班牙人，母亲是克里奥约。幼年失怙，少年丧母，1825年负笈巴黎，深受欧洲浪漫主义影响。5年后返回故里，积极传播欧洲浪漫主义思想，在青年学生中很有影响力，是青年的精神领袖。他主张政治生活、文学创作的自由：在政治生活中，反对专制、独裁，尊重个人自由；在文学创作上，破除各种障碍和清规戒律，自由地创作。然而，埃切维利亚在1838年1月成立的"青年阿根廷"，后改为"五月协会"遭到罗萨斯

复活节岛上的石像

埃斯特万·埃切维利亚

第五章 浪漫主义文学

独裁政权的镇压,"五月协会"的大部分成员流亡国外。他本人于1840年流亡到乌拉圭,1851年于乌拉圭首都蒙得维的亚去世。

埃切维利亚不仅是政治家,也是诗人和作家,他的叙事诗《女俘》(*La cautiva*, 1837)和小说《屠场》(*El matadero*, 1838)奠定了他在拉美文学史上的地位。《女俘》全诗共2134行,分为9章:"荒漠"、"盛宴"、"匕首"、"拂晓"、"荒原"、"等待"、"野火",以男女主人公命名的两章"伯里安"和"马丽亚",最后有一个尾声。在这首诗句为8音节的长诗中,以马丽亚被印第安人俘获为起始,马丽亚倒地身亡为结束,讲述了马丽亚不畏艰险救夫的故事。马丽亚被俘后的一个夜晚,趁印第安人在篝火旁纵酒狂欢时,她救出了身负重伤的丈夫伯里安。他们在一望无垠的潘帕斯草原上潜逃,遭遇老虎、草原烈火的袭击。由于伯里安伤势过重,在昏迷中死去。马丽亚终于走出了草原,遇见了伯里安手下的巡逻队,从士兵中得知她的孩子被害后倒地身亡。诗人绘声绘色地描写了马丽亚的机智勇敢、胆识过人,但这部诗歌的重要性则在于对

阿根廷干旱的北部

《女俘》《屠场》

大自然的描写。故事发生的空间是阿根廷的潘帕斯草原,在9章中就有4章("荒漠"、"拂晓"、"荒原"和"野火")是描写大自然的,它仿佛负载着生命的活力,与男女主人公一起演绎着动人、凄楚的故事,充满了浪漫的气息。

埃切维利亚的另一部传世之作是小说《屠场》,这部小说寓意深刻,把罗萨斯独裁政权统治下的阿根廷喻为一个大的屠场。小说的结局是反对罗萨斯御用的联邦党的青年——统一党成员,骑马路过屠场大门时,被屠夫们发现,将他拉下马,拖入屠场。这个故事是在四旬节期间肉食奇缺的情况下发生的,为了缓解民众对独裁政权的不满,执政者不得不屠宰50头小牛,血淋淋的宰牛过程隐喻了独裁者的冷酷、残忍、不择手段。在屠杀最后一头小牛时,套索竟将一个小孩的脑袋勒断,暗喻执政者草菅人命。被抓走的统一党青年,不畏强暴,百般挣扎,在屠场的行刑台上痛斥联邦党犯下的滔天罪行,最后激愤而死。小说影射了笼罩着阿根廷的阴森、恐怖,民众在惶惶不可终日的氛围下求生。拉美的浪漫主义正是在反独裁的革命风暴中发展、壮大的,《屠场》便是拉美浪漫主义的开山之作,作者被史家公认为浪漫主义运动的旗手。

2. 多明戈·福斯蒂诺·萨米恩托(Domingo Faustino Sarmiento, 1811—1888)阿根廷作家。阿根廷独立后,新生的共和国并未朝着自由、民主的方向发展,而是陷入了专制、独裁的深渊。时势造就了萨米恩托,在一个远离布宜诺斯艾利斯的南方港口圣胡安成长的青年,居然当上了阿根廷总统,这不能不归功于家庭教育和个人的勤奋。萨米恩托家境并不富裕,但在母亲悉心培育

第五章　浪漫主义文学　45

和姨夫何塞·德·奥罗的引导下走上了革命的道路。萨米恩托的初露锋芒之举是与当时声名卓著的学者安德烈斯·贝略的文学之战有关：文学向何处去？走新古典主义道路还是向浪漫主义发展。经过三次辩论的较量，最终击败了贝略，从此声名鹊起。

萨米恩托曾经历3次流亡：一次流亡性质的赴欧考察；1828年和1840年因从事政治活动，被迫流亡智利；第三次是因为与反罗萨斯的乌尔基萨将军的政见不合，于1852年流亡智利。1845年阿根廷要求智利政府中止萨米恩托的避难权，智利政府为了避免两国的冲突，让萨米恩托赴欧考察。他的行程除了欧洲9国外，还去了美国、巴西和北非。1848年回到智利之后的次年发表了《欧洲、非洲和美洲之行》，他的著名散文《文明与野蛮——胡安·法昆多·基罗加的生平以及阿根廷共和国的方方面面》（*Civilización y barbarie—vida de Juan Facundo Quiroga y aspectos de la República Argentina*, 1845），简称《法昆多》，是在赴欧考察前夕为反击阿根廷政府引渡他回国而创作的。作者通过对罗萨斯手下的一个地方军阀法昆多·基罗加的剖析，分析了造成阿根廷独裁政权的成因，探索国家发展的道路，阐释他的政治主张。首先，作者认为法昆多

多明戈·福斯蒂诺·萨米恩托

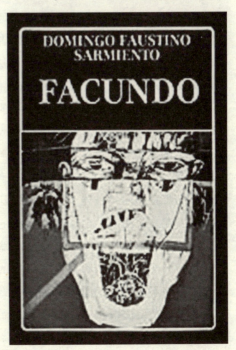

《法昆多》

将军是野蛮的产物：潘帕斯草原的蛮荒、广袤横生出慓悍、野性的骑手；潘帕斯草原的社会边缘化环境滋生了无法无天的高乔人。法昆多便是横行于阿根廷内地许多省份的亡命之徒、高乔军阀。从法昆多身上折射出独裁者罗萨斯野蛮的本性，所不同的是罗萨斯经过意大利政治家马基雅维里的《君主论》的熏陶，变得更加圆滑、韬略，最终确立了他的专制统治。

《法昆多》共分3部分，第一部分描述了阿根廷的自然风貌、习俗，在野蛮的自然环境中形成野蛮的人，法昆多便是野蛮人中的典型；第二部分叙述了法昆多肆无忌惮的武夫生涯，最终在另一伙匪徒的伏击中丧命；第三部分揭示了罗萨斯独裁政权的野蛮，同时表述了繁荣阿根廷的政治主张：根治野蛮的痼疾，建立文明的社会。作者标榜的文明社会，就是用法国模式对抗根深蒂固的野蛮，这种全盘欧化的思想显然是作者长期受到欧洲文化的熏染和对本国野蛮的误认。其实，社会的弊端和陋习并不能归咎于潘帕斯草原的野蛮，造成野蛮的真正原因是西班牙的殖民统治和独立后随之而来的独裁者的专制统治所带来的民众的贫困化。

3. **何塞·马莫尔**（José Mármol, 1817—1871）阿根廷作家。他从小便有追求自由、独立的反抗意识，这源自参加过独立战争的父亲和叔父在他身上留下的印痕。1835年就读于布宜诺斯艾利斯大学，与埃切维利亚领导的"五月协会"接触频繁。1839年4月因反对罗萨斯而被捕入狱。获释后继续受到警察的严密监视、迫害，不得不逃往"五月协会"成员流亡的乌拉圭，继续坚持反对罗萨斯专制统治的斗争。在国外流亡期间创作了剧作《诗人》（*El poeta*, 1842）和《十字军》（*El cruzado*, 1842）；诗歌《致罗萨斯》（*A Rosas*, 1847）、《漂泊者之歌》（*El peregrino*, 1846）和《和声》（*Armonía*, 1851）。在他1852年回到阿根廷之前发表了他的著名小说《阿玛莉亚》（*Amalia*, 1851）。

何塞·马莫尔

干重活的工人

《阿玛莉亚》讲述了一个反罗萨斯的统一党年轻党员爱德华多的故事。1840年5月4日爱德华多与4名统一党成员准备在黑夜的掩护下偷越国境,逃亡乌拉圭首都蒙德维的亚,参加反罗萨斯的拉瓦利将军领导的队伍。由于高乔人向导的出卖,他们遭到警察的伏击。爱德华多被他的好友丹尼尔搭救,但身负重伤,其他的人当场身亡。丹尼尔把爱德华多藏匿在他的孀居的表妹阿玛莉亚家中。在阿玛莉亚悉心照料下,爱德华多身体康复,两人萌生爱慕之情。在他们秘密举行婚礼时,警察破门而入,两人饮弹身亡,结束了年轻的生命。

在《阿玛莉亚》中,罗萨斯作为一个人物出现在小说里。作者通过他对女儿的冷酷无情,塑造了一个凶狠、残暴的独裁者形象。小说中还有诗人弗洛伦西奥·巴雷拉等一些真实人物的出场,使小说更具真实性,给人一种这一切就发生在自己身边的印象。马莫尔以这部小说和他的反独裁活动进入了浪漫主义作家的行列。

4. 西里洛·比利亚维尔德(Cirilo Villaverde 1812—1894)古巴作家。创作的小说《塞西利亚·巴尔德斯》(*Cecilia Valdés*)在揭露西班牙对古巴殖民地的残酷统治上,毫不逊色于阿根廷浪漫主义三杰的小说。

比利亚维尔德在革命活动之余喜欢舞文弄墨,曾创作了《死鸟》(*Ave muerta*)、《白崖》(*La peña blanca*)、《塔加纳纳洞穴》(*La cueva Taganana*)等短篇小说,《塞西利亚·巴尔德斯》就是作者在业余时间里陆陆续续写就的,从1839年开始创作直到1879年才完成,一共写了40年。1839年底发表了该小说的前半部,它的后半部在1882年发表,并在纽约出版了全书。1840年比利亚维尔德与在西班牙殖民军中服役的洛佩斯将军相识,并参加洛佩斯将军组织的秘密团体,后被西班牙殖民当局发现,洛佩斯本人逃亡美国,比利亚维尔德被捕,被判处有期徒刑10年。1849年越狱潜逃,定居美国。后担任洛佩斯将军的私人军事秘

西里洛·比利亚维尔德

书，策划组织了在古巴登陆的3次远征。洛佩斯将军亲自率领的第三次登陆未获成功，他本人被俘，后被杀害。从此，作者从事反对古巴殖民当局的新闻工作。由于多次起义的失败，比利亚维尔德逐渐接受了改良主义的政治主张，以不流血的方式改变古巴的现状。他的改良主义思想受到古巴学者何塞·安东尼奥·萨科的严厉批判。在美国图书馆进行的一次激烈论战中，比利亚维尔德承认错误，还称赞萨科是位坚定的革命者。

《塞西利亚·巴尔德斯》中的塞西利亚，是庄园主、奴隶贩子坎迪多·甘博亚和黑白混血女人的私生女，生下后就被其父遗弃，由她的外婆抚养。在贫民窟恶劣的环境下成长的塞西利亚，倔强、泼辣。虽天生丽质，但野性十足。坎迪多的儿子莱纳尔多颇有其父放荡、纵欲的遗风，在不知塞西利亚与他同父异母的情况下，追求、引诱塞西利亚，并与她生了一个女儿。这个花花公子喜新厌旧，像他的父亲遗弃塞西利亚的母亲那样抛弃了塞西利亚，另求新欢，准备与另一庄园主的女儿伊萨贝尔结婚。这时一个默默地深爱着塞西利亚的裁缝兼乐师穆拉托（黑白混血人种）皮门塔，见此情状，激起了他的义愤，用匕首刺死了正走向教堂大门举行婚礼的莱纳尔多。塞西利亚作为皮门塔的同谋犯被关进了医院，莱纳尔多的未婚妻伊萨贝尔进了修道院，在那儿将度过她的余生。这似乎是一个常见、俗套的爱情故事，但从人物的社会关系便反映出他们所处的社会地位：西班牙人坎迪多原本是经营木材加工和建材生意的，后贩卖黑奴暴富，成为哈瓦那财界的首富、未来的贵族，在小说中详细地描写了他驾驶奴

拉美的热带景色

隶船从非洲运输黑人的罪恶行径。坎迪多贪财好色、生活糜烂。他的儿子莱纳尔多沉湎于酒色、挥霍无度，是他父亲坎迪多的翻版。作者通过对古巴上层社会的揭露和批判，更加清楚地认清了敌人，坚定了对革命的信心，不但教育了古巴民众，也教育了作者本人。

5. **胡安·蒙塔尔沃**（Juan Montalvo, 1833—1889）厄瓜多尔作家，生于通古拉瓦省的安尼托城。曾就读于基多大学，在校学习期间开始发表诗作。大学毕业后被派往罗马，任驻罗马使馆参赞，结识了法国浪漫主义诗人拉马丁，还大量阅读了拜伦、雨果等浪漫主义作家的作品，形成了他的资产阶级民主思想，回国后积极投入了反独裁、反暴力的政治斗争。1866年创办《世界》杂志与退居幕后的独裁者加西亚·莫雷诺论战。1869年加西亚·莫雷诺上台执政，作家被迫流亡哥伦比亚。作家在加西亚·莫雷诺遇刺后回国，创办《再生者》杂志，抨击新的统治者本特米利亚独裁政权。作家于1888年寓居法国，次年在巴黎去世。

作家创作的散文犹如杂文，针对性强，精悍，简练，泼辣，易于攻击。他的散文集《教会的山靛》（*Mercurial eclesiástica*, 1884）被称为真理之书，是带有讽刺、嘲弄意味的哲学和历史的叙述；讽刺小说《被塞万提斯遗忘的篇章》（*Los capítulos que se le olvidaron a Cervantes*, 1895）是作家模仿西班牙塞

胡安·蒙塔尔沃

《被塞万提斯遗忘的篇章》

万提斯的风格写就的,批判社会,嘲讽现实;理论著述《七论》(*Siete trata-dos*, 1882)分为上、下卷,论述了"高尚"、"人性美"、"美德"、"天才"、"美洲的英雄们"(解放者玻利瓦尔)、"盛宴"和"节日",颇有培根和蒙田之风。作家去世后出版的《道德几何学》(*Geometría moral*, 1917)被称为《七论》中的第八论。

蒙塔尔沃是拉美散文大家,他的散文表达了他追求民主、自由、平等的思想,在《七论》中要求在厄瓜多尔建立民主制度。

上述作家被称为前期(1830—1860)浪漫主义作家,即社会浪漫主义作家。浪漫主义发展到后期(1860—1890)亦称感伤浪漫主义。感伤浪漫主义作家以自我为中心,抒发对人、对事的主观情感,讲究表达方式,他们的作品以情感人。

以胡安·蒙塔尔沃命名的建筑

豪尔赫·伊萨克斯

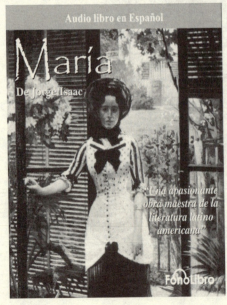

《马丽亚》

6. 豪尔赫·伊萨克斯（Jorge Isaacs, 1837—1895）哥伦比亚作家,生于考卡省卡利市。父亲是英籍犹太庄园主。伊萨克斯在庄园里度过童年,在首都波哥大上中学,5年后去英国学医。伊萨克斯是反独裁的勇士,16岁时便参加反对梅洛独裁政权的考卡战役和帕尔米拉战役;1860年又参加了反对莫斯卡拉将军的卡利战役和马尼萨莱斯战役。父亲去世后,伊萨克斯遵从父命,回家乡管理庄园,但仍留恋写作,于是让其弟料理庄园,离开家乡前往波哥大,从此开始了他的文人生涯。1867年发表了震撼拉美的小说《马丽亚》(*María*),被誉为"美洲的诗篇"。

《马丽亚》的故事情节发生在伊萨克斯的家乡考卡,小说的男女主人公在风景如画的庄园中长大。伊萨克斯以男主人公埃弗拉因第一人称创作了这部小说,女主人公马丽亚是埃弗拉因的表妹,因父亲去世,15岁时寄居在他的家中。两人青梅竹马,情深意笃。后来,埃弗拉因离家去首都波哥大求学,6年后完成学业的埃弗拉因回到故乡后发现马丽亚已是亭亭玉立的少女,两人生发出爱恋之情。埃弗拉因的父亲考虑到马丽亚从母亲那儿遗传的癫痫,担心爱情的冲动加重她的病情,也妨碍埃弗拉因今后的前程,答应他们在埃弗拉因学成归来后完婚。埃弗拉因赴伦敦学医后,马丽亚日夜思念更加重了她的病情。埃弗拉因在英国的第二年收到家书,告知他马丽亚病重。待他赶回家中,马丽亚离开了人世。

伊萨克斯曾在枪林弹雨中浴血奋战,经历了人间的沧桑,但他的《马丽亚》与战事毫不相干,竟写出了这部恬淡、宁静、平和的乡间生活。不过，从小说中可以看到他童年、青少年时代的生活和家乡的风景。伊萨克斯的心里永远珍藏着马丽亚凄楚动人、多愁善感的笑容，而他的《马丽亚》已深深地镶嵌在拉美人的心里。

7. 伊格纳西奥·曼努埃尔·阿尔塔米拉诺（Ignacio Manuel Altamirano, 1834—1893）墨西哥作家，出生于格雷罗的印第安人家庭。家境贫困，14岁时还生活在森林中，对西班牙语一无所知，很晚才入学就读，依靠奖学金进入托卢卡文学院和莱特兰学院攻读文学和法律。1854年参加反对圣塔安纳独裁政权的武装起义，4年后又参加了反对教权的改革战争，之后又投入到反对法国武装干涉的战争。战争结束后创办了《墨西哥邮报》和《复兴》杂志，开办学校，担任联邦国会议员，曾被任命为最高法院法官、驻巴塞罗那总领事和法国的外交官。在小说创作上，运用古典主义和浪漫主义相结合的形式创作了多部小说，为墨西哥文学的繁荣作出了贡献。

阿尔塔米拉诺的小说《蓝眼盗》（*El Zarco*, 1870）描写了一位为人正直、敢于仗义执言的铁匠、印第安人尼古拉斯，他深爱着年轻漂亮的姑娘马努埃

伊格纳西奥·曼努埃尔·阿尔塔米拉诺

《蓝眼盗》中的蓝眼人

拉,但受到马努埃拉的蔑视和冷落,因为她爱上了"蓝眼人"。"蓝眼人"原本出身贫苦家庭,只因好逸恶劳,干起了偷盗的勾当,最后成为远近闻名的土匪。为了逃避匪祸,马努埃拉的母亲安东尼亚打算移居墨西哥城,不料在临走前的一个暴雨之夜马努埃拉跟随"蓝眼人"上山当土匪。安东尼亚旋即报了官府,由尼古拉斯作为向导带领骑兵剿匪,但是他们不仅不出力相助,反而把尼古拉斯抓了起来,引起民众大哗。安东尼亚的教女皮拉尔敬仰尼古拉斯的为人,早就暗恋着他。在他危难之际挺身而出,要与他共生死。直到此时,尼古拉斯方才明白,他应该爱的不是马努埃拉,而是日夜思念着他的皮拉尔。在尼古拉斯和皮拉尔举行婚礼时,"蓝眼人"被共和国总统华雷斯支持的剿匪骑兵抓获,枪决后吊在树上,马努埃拉见此情状,气绝身亡。

作家有意识地把正派、诚实、被白人歧视的印第安人尼古拉斯和凶残、奸诈的白人"蓝眼盗"作比较,突出了被视为野蛮、低下的印第安人比自以为优越的白人要文明、高尚得多。作者还创作了《克莱门西娅》(*Clemencia*, 1869)、《山区的圣诞节》(*La Navidad en las montañas*, 1871)这两部具有浓厚浪漫主义色彩的小说。

8. 阿尔维托·布莱斯特·加纳(Alberto Blest Gana, 1830—1920)智利作家,生于首都圣地亚哥。父亲是一位医生,曾受过英国的教育;母亲具有巴斯克血统。父母的身份和气质使作家从小就养成了观察事物的能力和尚武的倾向。13岁时便进入军校学习,1847—1851年被派往法国深造,学习军事工程。在法期间,深受现实主义作家巴尔扎克的影响。1867年出使英国,后任驻法国大使。之后长期在巴黎居住,1920年病逝于巴黎。由于在巴黎学习和工作,直接见证了历史上发生的事件:1848年的法国革命、1871年的巴黎公社。作家在不同时期创作的小说都反映了当时的社

阿尔维托·布莱斯特·加纳

会状况，在他众多的小说中，《马丁·里瓦斯》（*Martín Rivas*, 1862）最能反映他的自由思想，他后来创作的小说《爱情的数学》（*La aritmética en el amor*, 1860）、《一个傻瓜的理想》（*El ideal de un calavera*, 1863）、《在光复时期》（*Durante la reconquista*, 1897）和《疯狂的小溪》（*El loco estero*, 1909）都未能超越《马丁·里瓦斯》。

《马丁·里瓦斯》以1851年智利首都圣地亚哥自由派和保守派的斗争为背景，叙述了一个家道中落的青年成长、奋斗的故事。外省小伙子马丁·里瓦斯只身来到首都圣地亚哥，把其父的一封信递给大富商达马索，信中请求达马索收养去首都求学的马丁·里瓦斯。达马索念其父曾有恩于他的旧情，便承诺供给马丁·里瓦斯求学的费用。达马索有一子一女，儿子奥克斯丁生活放荡，女儿丽奥娜聪颖、娇艳。马丁·里瓦斯虽寄人篱下，但为人正直、勤奋好学，赢得了丽奥娜的好感。马丁·里瓦斯就读于大学法律系，结交了一些进步学生。他的朋友拉法埃是"平等协会"组织者之一，动员马丁·里瓦斯与他一起策划政府中一些军人叛变。在他们采取行动之前，马丁·里瓦斯写信给丽奥娜吐露了爱恋之情。马丁·里瓦斯不幸被捕，在狱中英勇不屈，他的坚毅品质使丽奥娜激动不已。她不顾家人的反对，决心冒着生命危险去营救。马丁·里瓦斯在

《在光复时期》　　　　　　《疯狂的小溪》

她和朋友们的帮助下越狱成功。为了躲避当局的追捕，马丁·里瓦斯秘密地去了秘鲁首都利马。经过达马索的多方交涉，马丁·里瓦斯被大赦后回到智利，有情人终于成为眷属。

《马丁·里瓦斯》描写了19世纪中叶智利新生社会力量的崛起，以马丁·里瓦斯为代表的知识分子介入到社会变革的洪流，揭示了智利的社会环境和人际关系，反映了党派纷争、政局动荡的社会生活。从小说中可以看出作家的政治倾向。

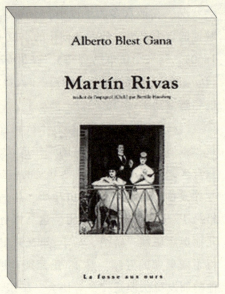

《马丁·里瓦斯》

9. **里卡多·帕尔马**（Ricardo Palma, 1833—1919）秘鲁诗人、作家，出身于首都利马的中产阶级家庭。20岁时进入圣马科斯大学攻读法律，中途辍学，入海军服役6年。在驻守钦查群岛期间，阅读了大量西班牙作家的作品，从此对文学发生了兴趣。因参与反对拉蒙·卡斯蒂利亚总统的行动被迫流亡智利，后又被任命为驻巴西帕拉的领事，并游历了欧美诸国。1865年回国后参与何塞·巴尔塔将军领导的反对佩塞塔总统的暴动。1868年巴尔塔将军当上总统后任其为私人秘书，并被选为洛雷托省议员。1879年太平洋战争爆发，参加了阻击智利入侵的利马保卫战。1886年退出政坛，出任国家图书馆馆长之职达30年，对重建在太平洋战争中遭到严重破坏的图书馆作出了卓著的贡献。1887年创建秘鲁语言研究院并任院长。1919年病逝于利马。

里卡多·帕尔马

帕尔马是一位政治活动家，也是诗人、

第五章　浪漫主义文学

帕尔马的手稿

《秘鲁传说》

作家，以诗歌走上秘鲁文坛。15岁便发表诗作，陆续出版了《和声》（*Armonía*, 1865）、《美洲的里拉琴》（*Lira americana*, 1865）、《西番莲》（*Pasionarias*, 1870）和《诗歌全集》（*Poesías completas*, 1911）；剧作有《罗迪尔》（*Rodil*, 1851）、《刽子手的妹妹》（*La hermana de verdugo*, 1851）和《死亡或自由》（*La muerte o la libertad*, 1851），但以1872年发表的《秘鲁传说》（*Tradiciones Peruanas*）而享誉拉美文坛。

《秘鲁传说》共分7卷，第一卷于1872年出版，最后一卷完成于1900年，共计463篇传说，其中339篇是关于殖民地时期生活的。作者从史书、圣人轶事、旅游记事、传教士故事、修道院日志、告示、遗嘱、诗歌、谚语、俗语等素材中搜集了大量的故事，用浪漫主义的笔调编织出短小精悍的故事，作者称之为传说，它既不是历史,也不是讽刺小品,结构简单,叙述轻快、生动、幽默,对读者有一定的警示、启迪的作用。全书根据年代顺序分为:印加帝国至1533年:印加时期传说;1534至1824年:殖民地时期传说;1831年至作者生活的年代:独立时期传说;不能确定具体时间的传说。涉及的人物不可胜数,有副王总督、主教、夫人、公主、海盗、骑士、画家、乞丐、白痴等,表现了他们的生活习俗,如迷信、决斗、斗牛、斗鸡、复仇、谋杀、死亡等秘鲁人文化传统,仿佛是一个精致的画廊,展示了秘鲁历史上各个时期社会、历史、地理的图画。

秘鲁古城的街景

第六章

现代主义文学

(19世纪末—20世纪初)

何塞·马蒂塑像

现代主义运动是以何塞·马蒂于1882年发表的《伊斯马埃利约》为开端,以尼加拉瓜诗人鲁文·达里奥于1916年的去世为结束。1896年为两个阶段的分界线,处于第一阶段(1882—1896)的诗人为第一代诗人,是现代主义的先驱,这一代诗人以何塞·马蒂(1853—1895)为首,主要诗人有墨西哥的曼努埃尔·古铁雷斯·纳赫拉(Manuel Gutiérrez Najera, 1859—1895)、古巴的胡利安·德尔·卡萨尔(Julian del Casal, 1863—1893)和哥伦比亚的何塞·亚松森·席尔瓦(José Asunción Silva, 1865—1896)。之所以把1896年定为划分两代诗人的时间界线,是因为这一年是第一代诗人先后谢世的最后年限。鲁文·达里奥是唯一跨越这两个阶段的诗人,由于他的元老身份和文学上的功绩,是现代主义第二阶段(1896—1916)的当然领袖。在第二代著名诗人中有阿根廷的莱奥波尔多·卢贡内斯(Leopoldo Lugones, 1874—1938)、秘鲁的里卡多·海梅斯·弗雷伊雷(Ricardo Jaimes Freyre, 1868—1933)、墨西哥的阿马多·内尔沃(Amado Nervo, 1870—1919)、乌拉圭的胡利奥·埃雷拉-雷西格(Julio Herrera y Reisig, 1875—1910)、秘鲁的何塞·桑托斯·乔卡诺(José Santos Chocano, 1875—1934)。

现代主义是对前期社会浪漫主义的反拨,淡化了浪漫主义反独裁、要自由的革命;对后期感伤浪漫主义强调个人情感、表现低落、颓废情绪的强化。现代主义对异国情调的向往取代了浪漫主义对拉美大陆、自然景色的赞美。他们倡导的世界主义是对拉美现实的鄙视,用艺术为艺术的纯粹美抵制拉美的时代和环境,宁愿在象牙之塔里进行个人的创造。他们越是厌恶拉美的现实,越是在痛苦中不能自拔。这种痛苦更加深了对社会的不满和愤慨。

1. 鲁文·达里奥(Rubén Dario, 1867—1916)尼加拉瓜诗人,生于新塞哥维亚省梅塔帕。自幼父母离异,由姑母和叔父抚养。11岁时在报上发表诗作,故有"诗童"之称。后在马那瓜的国立图书馆工作,阅读大量西班牙作家的作品。1886年移居智利,曾在瓦尔帕莱索港任海关职员,发表了短篇小说《蓝色的鸟》、诗集《牛蒡》和《诗韵》等。1888年出版了诗文集《蓝》(Azul)。自1889年起以阿根廷《民族报》记者的身份多次出访欧美。1893年被哥伦比亚政府任命为哥伦比亚驻布宜诺斯艾利斯领事,在任职期间发表了诗集《世俗的圣歌》(Prosas profanas, 1896)。后在尼加拉瓜、危地马拉、阿根廷主编和创办了多种杂志。1904年出任尼加拉瓜驻巴黎总领事,第二年在马德里出版《生命与希望之歌》(Cantos de vida y esperanza)。1908年任尼加拉瓜驻西班牙公使,不久被停职。第一次世界大战后由巴黎移居美国,因酗酒严重损害了健康,于1916年病逝。

《蓝》是达里奥的代表作,标志着现代主义运动的形成。诗人视蓝色为艺术境界的象征,也是苍穹、永恒、理想的象征,使它脱离了现实的

鲁文·达里奥

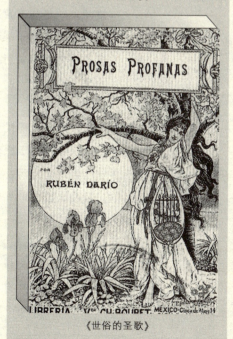

《世俗的圣歌》

意义,成为现代主义的标志。在《蓝》中,出现了法国豪华的宫殿、文艺复兴的意大利和东方的异国情调,表现了诗人逃避主义的思想倾向,在艺术风格上受帕尔纳斯派和象征主义的影响。

《生命与希望之歌》目录

《世俗的圣歌》是《蓝》的继续和发展,诗人追求的是纯粹的美,美丽的天鹅、纯洁的百合、希腊的仙境、中国的公主都出现在他的诗中,诗人尤其钟爱天鹅,有"天鹅诗人"之称,这部诗集是典型的唯美主义诗歌,折射了诗人惆怅、困惑的内心世界。

在《生命与希望之歌》中,诗人对唯美主义提出了质疑,回忆了刻意雕琢的年轻时代,对社会、现实的焦虑和疑惑。然而,这部诗集中的一些诗,逐渐向社会倾斜,关注社会,走向生活。为了抗议美国的侵略,诗人在"致罗斯福"中大声疾呼:

> 你以为生活就是火光熊熊,
> 进步就是爆炸声声,
> 你以为自己的子弹打到哪里
> 就能决定那里的行程。
> 不行!

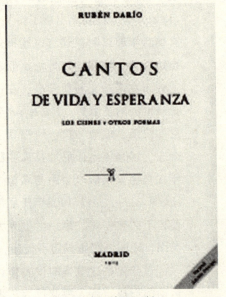

《生命与希望之歌》

达里奥和其他的现代主义诗人,本质上都是社会的背叛者,宁愿生活在象牙之塔里也不愿与社会同流合污,虽然生活在现实的世界中,但否认这个世界的存在。在现代主义运动后期,达里奥和一些现代主义诗人出现了面向现实的倾向。达里奥以诗歌创作中的杰出成就,被公认为拉美现代主义诗坛的巨星,西班牙语文学界的"诗圣"。

第六章 现代主义文学

2. **何塞·马蒂**(José Martí, 1853—1895) 古巴诗人,生于哈瓦那。父亲是西班牙人,一个下级军官;母亲是土生白人。马蒂的反殖民意识来自于他中学时所受的教育,因为中学校长是一位主张古巴独立的革命者。此外,生活的艰辛、贫困的家境使他从童年时代就憎恨殖民统治。1869年马蒂和友人出版《自由祖国》杂志,因同年10月4日殖民当局从马蒂友人家中搜出一封反对殖民当局的信件而被捕。由于马蒂的父亲和朋友们的营救,于次年10月13日获释,被放逐到松林岛,后又被流放到西班牙。一踏上西班牙国土,便出版了揭露殖民者罪行的《古巴的政治监狱》。1879年古巴奥连特省爆发了革命运动,马蒂计划运输武器弹药配合奥连特省的革命,不料机密泄漏,第二次被捕,再次被流放西班牙。马蒂在次年1月3日从西班牙到达美国,在美国期间先后担任了阿根廷和乌拉圭的领事和乌拉圭驻国际金融会议的代表。1892年古巴革命党宣告成立,马蒂被选为该党的领袖。1895年马蒂率领起义者奔赴奥连特省托河前线,亲临战场,指挥战斗。5月19日在多斯·里约斯前线,被一颗子弹击中胸膛,牺牲时才42岁。

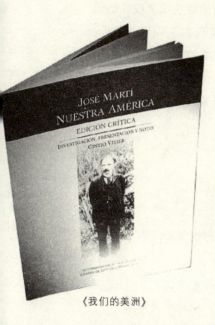

《我们的美洲》

哈瓦那的何塞·马蒂纪念碑

何塞·马蒂

马蒂的作品，除了早期的诗歌和散文外，无不是为了古巴的独立事业而作，他的文章求真求实，无任何的虚伪、矫饰，把生活的激情变成了战斗的檄文。他的现代主义诗作便是他早期的诗歌《伊斯马埃利约》（*Ismaelillo*, 1882），收集了他的18首诗歌。这些诗歌流露出对孩子浓浓的亲情、细腻的柔情，朴实自然，意境清新，个人的情感得到了充分的抒发。他的著名诗集《淳朴的诗》（Versos sencillos, 1891）表达了一位革命者对国家独立的追求、民族命运的关注，其中一首诗表达了诗人广阔的内心世界：

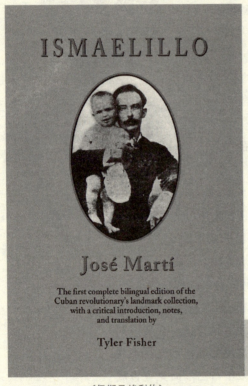

《伊斯马埃利约》

我多么高兴
像个朴实的学生，
想起那金丝鸟——
一双乌黑的眼睛！

当我长眠在异地，
没有祖国，但也不是奴隶，
只愿我的坟墓上
放着一束花，一面旗。①

这首仅仅只有8行的短诗，把一位视死如归的革命者的胸怀呈现在人们的面前，这也是马蒂革命生活的真实写照。他长年流亡在异国他乡，"没有祖国"，但也未像奴隶那样屈服过，无论何时何地都在为祖国的独立不遗余力地去奋斗，最后战死在疆场，为祖国流尽了最后一滴血，他唯一的愿望就是在"我的坟墓上/放着一束花，一面旗"。马蒂的革命精神和伟大人格受到拉美人民的景仰，被古巴人民誉为民族英雄。

---

① 赵振江：《拉丁美洲诗选》，昆明：云南人民出版社，1996年。

何塞·亚松森·席尔瓦

3. 何塞·亚松森·席尔瓦（José Asunción Silva, 1865—1896）哥伦比亚诗人，出生于首都波哥大富商家庭。自幼体弱多病，多愁善感，喜好文学，19岁赴英、法等国求学，深受帕尔纳斯派和象征派诗歌的影响。但他的创作与不幸的生活经历和痛苦的感受有直接的关系：父亲病故，家道中落；重整旗鼓，重建家业，准备开一家瓷砖厂，但胎死腹中；在任委内瑞拉使馆秘书离任时，回国途中所乘的"美洲号"轮船遇难，携带的行李和重要手稿沉入海中；使他悲痛欲绝的是，他最亲近的人妹妹埃尔维拉的去世，给他的心灵留下了不可愈合的创伤。这一系列的不幸和打击，使诗人失去了求生的勇气，请求医生在他的胸口标出心脏的位置，于1896年5月24日凌晨开枪自杀，了却了痛苦的一生。

席尔瓦的诗歌既有痛苦也有柔情，两者交织在一起，缠绵悱恻，哀婉忧伤。他的著名诗篇《夜曲》（*Nocturno*, 1894）回忆起感伤的往事：

一轮圆月
将白色的光芒
迷漫在深邃、无限、湛蓝的天空，
你的影子
清秀、柔弱
和我的影子
被月光
投射在小径凄凉的沙地上，
我们两人的影子融为一体
融为一体
融为一体。
合成了一个长长的形象
一个长长的形象
一个长长的形象……①

月光下的夜晚

---

① 赵振江编：《拉丁美洲诗选》，昆明：云南人民出版社，1996年。

第六章 现代主义文学

加勒比海的落日

诗人描写了和他的妹妹埃尔维拉在月亮下的散步,发现自己的影子和她的影子重合在一起,"一个长长的形象",但这种重合是暂时的,转瞬即逝的,诗人对此慨叹不已。埃尔维拉是诗人完美的象征,她的死使诗人永远生活在痛苦之中,不能自拔。

由于诗人的精神气质和创作风格,与社会生活格格不入,长期不为人们所理解。时隔13年后才为人们所承认,被评论界视为拉丁美洲现代主义运动的先驱之一。

4. **曼努埃尔·古铁雷斯·纳赫拉**(Manuel Gutiérrez Nájera, 1859—1895)墨西哥诗人,出生于首都墨西哥城一个宗教气氛浓厚的家庭,父母将他送进教会学校,长大后成为教士。诗人担任过记者。由于他的短篇小说,诗人的名字在读者中渐为人知。诗人更喜爱诗歌创作,追随浪漫主义和法国象征主义风格。1894年创

曼努埃尔·古铁雷斯·纳赫拉

办《蓝色杂志》，他的大部分诗歌以"公爵霍伯"的笔名在该杂志上发表。《蓝色杂志》热情扶持年轻一代的作家，为现代主义诗歌的普及作出了巨大的贡献。诗人由于长相不佳，自暴自弃，酗酒成性，绝望的情绪使他玩世不恭。于是，借助诗歌表达内心的痛苦，逃避冷酷的社会现实。

> 我要死去，在日近黄昏时
> 在深海里面仰长空；
> 在那儿仿佛一场梦在挣扎
> 灵魂犹如一只向高空飞翔的鸟。
>
> ——《为了那时》 (*Para entonces*)

死亡是诗人常常议论的话题，纳赫拉的死亡观念近于浪漫，更甚于痛苦。黄昏是死亡的象征，但诗人"面仰长空"，傲视死亡。人的躯壳随死亡而消失，而它的"灵魂犹如一只向高空飞翔的鸟"漂泊四方。诗人的痛苦仿佛是"一场梦在挣扎"，令诗人肝肠寸断。1895年诗人去世时，年仅36岁。

诗人在创作中，对色彩的运用独具匠心，能将色彩作为精神状态和内心情感的反映，他的《蓝色杂志》的"蓝色"后来成了鲁文·达里奥的名作《蓝》的标题，他的"白色"是鲁文·达里奥天鹅的象征。诗人还创作了《女公爵霍伯》(*Duqueza Job*, 1834)、《白色》(*De blanco*, 1888)、《诗集》(*Poesías*, 1896)、《爱与泪》(*Amor y lágrimas*, 1896)；短篇小说有《烟色的故事》(*Cuentos color de humo*, 1883) 和《脆弱的故事》(*Cuentos frágiles*, 1883)。此外，还有一些游记。

5. 胡利安·德尔·卡萨尔（Julian del Casal, 1863—1893）古巴诗人，生于首都哈瓦那，接受过正规教育。父母早亡，生活潦倒，初涉文坛便结识了法国帕尔纳斯派诗人，深受法国著名诗人波德莱尔的影响。诗人虽未到过巴黎，但这座城市启迪

胡利安·德尔·卡萨尔

了他的灵感，唤起对希腊、东方的想象。他的诗歌有帕尔纳斯派诗歌的精雕细凿、象征主义的隐喻，意象奇异纷呈，含蓄朦胧。既抒发了对祖国的热爱，也表达了对遁世的愿望；既有对生活环境的厌恶，又表现了被社会抛弃的痛苦。诗人在《虚无》中吟哦道：

> 我只渴望毁坏自己
> 或在永恒的贫困中将息，
> 沮丧是我忠实的伙伴
> 悲伤是我苍白的情侣。①

死亡对诗人来说并不陌生，因为在诗人的生活里没有欢乐，只有死亡。所以，诗人"只渴望毁坏自己"，在《风中之页》(*Hojas de viento*, 1890) 中诘问道，"噢！我的上帝，你为什么造就我这痛苦的灵魂？"诗人的痛苦来自对去世母亲的怀念，这种恋母情结伴随诗人度过短暂的一生。家庭的中落使诗人陷于贫困；资本主义大公司的鲸吞迫使诗人背井离乡，离开了他的庄园。生活的贫困、精神的折磨终于使诗人过早地结束了生命，死时才30岁。

诗人还创作了《雪》(*Nieve*, 1892)，但使诗人立足于文坛的，并受到鲁文·达里奥赏识的则是他的名诗《半身像与诗韵》(*Bustos y rimas*, 1893)，这首诗加速了拉美文学改革的步伐，也使诗人扮演了19世纪末诗歌先驱者的角色。

6. 莱奥波尔多·卢贡内斯 (Leopoldo Lugones, 1874—1934) 阿根廷诗人，生于科尔多瓦省里奥塞科的圣塔马利亚镇。曾在省城科尔多瓦学习，1896年来到布宜诺斯艾利斯，当过邮政局职员、中学督学、《民族报》主要撰稿人，后任该报副主编。1930年参加了乌里布奇将军发动的政变，出任国家教育委员会主任。诗人一生的政治态度是摇摆不定的，早年是社会主义者，一战后变成了民族主义者，

莱奥波尔多·卢贡内斯

---

① 赵德明等编著：《拉丁美洲文学史》，北京：北京大学出版社，1989年。

后来又成了无政府主义者。诗人的创作生涯如同他的政治态度一样是复杂的、多变的，他的第一部诗集《金山》（*Las montañas de oro*, 1897）明显地受到了法国帕尔纳斯派、象征主义和鲁文·达里奥的影响，具有现代主义特征；诗集《花园的黄昏》（*Los crepúsculos del jardín*, 1905）与《金山》的创作风格已有所不同，更为细腻地表达内心世界和情感，语言精致、讲究；诗集《感伤的月历》（*Lunario sentimental*, 1909）的艺术风格又有了变化，大量地运用比喻，是西班牙语文学使用比喻之最，在诗集中还揉进了物理学、化学、医药学等术语，使诗歌语言更为奇特；1910年发表的诗作《百年颂》（*Odas seculares*）使他的写作风格再次发生了变化，他的诗歌贴近了现实和生活，描写了农村的牲畜、田野、庄稼和人们的劳动，充满了美洲的激情，现代主义那种脱俗、高雅的情趣不见了。就以对美洲景色的描写而言，诗人意识到不能像他们前辈那样用欧洲的模式来描叙美洲的大自然，在他的笔下，美洲大自然并不总是那么可怕，也有它和谐、艳丽、可爱的地方。

灿烂的阳光洒满世界
白色的云彩竖起建筑
的和谐，美丽的塔
点缀白天深邃的蔚蓝。

公鸡以雄性的激荡
赞赏燃烧它咽喉的金光
在装饰羽毛的崇高诗章里
因绿色的尾巴而得意非凡。

每块卵石围绕着一个光环。
干草散发出好闻的气息。
海浪的湛蓝移动着森林。
光阴似面包简单又艳丽。

灿烂的阳光、白色的云彩、深邃的蔚蓝组合成乡间田园的风光。诗中的每种实物：公鸡、卵石、森林是互不搭界的，各自独立地存在，只是诗的结尾"光阴似面包简单又艳丽"把它们糅合在一起，使人们感觉到自然界是各种因素的汇合。大自然在运动：公鸡的激荡、卵石围绕着光环、干草散发的气息、海浪的湛蓝移动着森林，犹如光阴的流逝，像面包似的在斗转星移中消耗，但一切在运动着，"简单又艳丽"。

诗人还创作了《忠诚之书》（*El libro fiel*, 1912）、《风景集》（*El libro de los paisajes*, 1917）、《黄金时刻》（*Las horas doradas*, 1922）、《故园集》（*Poemas solariegos*, 1927）和去世后出版的《里奥塞科谣曲集》（*Romances del Rio Seco*, 1927）；散文有《耶稣会帝国》（*El imperio jesuítico*, 1904）、《高乔战争》（*La guerra gaucha*, 1905）、《古怪的力量》（*Las fuerzas extrañas*, 1906）、《命中注定的故事》（*Cuentos fatales*, 1926）和《影子的天使》（*El angel de sombra*, 1926）。诗人于1938年在布宜诺斯艾利斯北部度假胜地蒂格雷自杀。

7. 里卡多·海梅斯·弗雷伊雷（Ricardo Jaimes Freyre, 1868—1933）玻利维亚诗人，生于秘鲁的塔克纳城。父亲是驻秘鲁的领事，母亲是位诗人。诗人曾在布宜诺斯艾利斯大学执教，当过新闻记者，出任外交部长和驻巴西、阿根廷、美国的大使。诗人曾在阿根廷生活多年，与鲁文·达里奥、卢贡内斯共同创办颇有影响的《美洲杂志》（1894），1904年在阿根廷的图库曼创刊《文学与社会科学杂志》。诗人的代表作、他的第一部诗集《野蛮的卡斯塔利亚》（*Castalia bárbara*, 1899）是受他敬仰的诗人莱孔特·德·莱斯利的《野蛮的诗歌》的启迪而创作的，该诗以北欧的神话和风光为题材，描写了两种价值观的冲突。诗人以高度的想象和细腻的形式写就了这部力作。对诗歌中想象力的运用，诗人是如此说的：

里卡多·海梅斯·弗雷伊雷

想象的鸽子遨游四方
加深了最后的爱;
光、音乐和鲜花的灵魂,
想象的鸽子遨游四方。

1917年诗人出版了诗集《人生如梦》(*Los sueños son vida*),描绘的重心从异国情调、斯堪的纳维亚的旖旎风光、日耳曼的神话转向对现实和社会的关注、对生命短暂的悲叹和儿女私情的眷恋。诗中不乏语言高雅精致,法国帕尔纳斯派的痕迹依稀可辨。

特里尼达马茂雷河边的驳船(玻利维亚)

诗人不仅从事诗歌创作,也研究诗歌理论,他的《卡斯蒂利亚语诗歌规律》(*Leyes de la versificación castellana*, 1912)是现代主义运动为数不多的一部关于诗歌理论的著作,通过对诗歌韵律的研究,探索诗歌发展的方向。诗人主张写自由体诗,他的诗歌在节奏、格律上比传统诗歌来得自由,开创了自由诗的先河。

诗人的其他作品有:戏剧《赫福特的女儿》(*La hija de Tefhté*, 1899)、《征服者》(*Los conquistadores*, 1928),以及关于阿根廷图库曼地区的历史论著。

第六章 现代主义文学

8. 阿马多·内尔沃 (*Amado Nervo*, 1870—1919)

墨西哥诗人,生于特皮克城。曾在米却肯城的神学院求学,但没有完成学业;与人合伙创办《民族报》、《现代杂志》;以《正义报》记者身份访问法、英、瑞士、意大利等国,在巴黎结识了著名的现代主义诗人鲁文·达里奥。回国后教授文学,涉足外交界,出使乌拉圭和阿根廷,活动于布宜诺斯艾利斯和蒙得维的亚的外交场合和文学聚会。1919年病逝于蒙得维的亚。

阿马多·内尔沃

诗人早期的诗歌表现出浪漫主义倾向,但已蕴含了现代主义的元素。在《黑色珍珠》(*Perlas negras*, 1898) 中表露了人生的痛苦,渗透着淡淡的忧伤。

> 病中的鸟,你是我的灵感
> 在神秘的诗歌中寻找;
> 热爱奇特的船,阴暗,
> 雾中的羽饰,不毛的荒野。

诗人把自己比喻为病中的鸟,在诗歌中寻找他的慰藉,然而找到的却是"不毛的荒野",令诗人伤心、痛苦。但在后来的诗歌创作中,诗人的诗风越来越明显地转向现代主义。在马德里创作的《低声》(*En voz baja*, 1909) 表达了对人生的思虑。

> 自从我不再追求短暂的话语
> 恐惧和希望将在我的灵魂里死去。

然而，诗人痛苦的灵魂，在崇高的爱情、坚定的情人的抚慰下得到解脱，在心理上取得了平衡。诗人在《不动的情人》(*La amada inmóvil*, 1912) 中吟诵：

> 她充满高雅，犹如万福马利亚
> 她又回到了高雅的源头……
> 如同水滴返回大海。

他的后期诗歌《宁静》(*Serenidad*, 1914)、《超升》(*Elevación*, 1917)、《完美》(*Plenitud*, 1918) 对自己的心灵作了深刻的剖析和探索，他的《荷花塘》(*El estanque de los lotos*, 1919) 则带有浓重的东方佛教的神秘色彩。总之，内尔沃的诗歌简朴、易懂，似水晶般透明，读者从他的诗歌中得到心灵、心理的精神上的安慰。内尔沃不愧为"美洲最伟大的诗人"。

盛开的荷花

第六章 现代主义文学

9. **胡利奥·埃雷拉-雷西格**（Julio Herrera y Reissig, 1875—1910）乌拉圭诗人，出生于首都蒙得维的亚的一个资产阶级家庭，是乌拉圭总统胡利奥·埃雷拉-奥维斯的侄子。曾在巴黎、马德里等地求学，创办文学刊物《评论杂志》。诗人虽然生活富裕，他的家族与政界有密切的联系，但从小体弱多病，性格孤僻，离经叛道，蔑视自己的家庭，不屑与金钱和权力为伍。诗人生活在诗歌里，与诗歌为伴。"他呼吸的是诗歌，吃的食物也是诗歌，漫步在诗歌里。"批评家恩里克·安德森·因贝特是这样评价他的。诗人对现实感到绝望，只想躲在他的诗歌里，从20岁起就被心脏病折磨得心力交瘁，更不愿与社会接触。诗人在《被遗弃的花园》（*Los parques abandonados*, 1908）里长吁短叹，认为现代的世界是分裂的世界、痛苦的世界，世界的进步将使人类蒙受痛苦。

> 遥远的火车向着空泛
> 痛苦地嘶叫，为无限
> 的下午玷污了梦幻般的透明。

神圣小镇

胡利奥·埃雷拉-雷西格

火车是未来的预示，也是进步的象征，它的前进却要玷污梦幻般的透明，让人类付出代价。这正是诗人不愿看到的，故而诗人躲进自己营造的取名为"全景之塔"的沙龙里。这座"全景之塔"是瞭望大地的窗口，接触社会的唯一通道，也是1902年至1907年诗人们聚会的场所。他们高高在上地关起门来作文章，他们的诗文越发脱离社会实际了。

《时间的复活》（*Las pascuas del tiempo*, 1900）是诗人的第一部诗集，想象丰富，用词华丽，颇有法国帕尔纳斯派的色彩、巴罗克风格的效果。两年后创作的《晚祷》（*Los maitines de la noche*, 1902）既描写了乌拉圭优美的田园风光，又抒发了缠绵悱恻的心绪。他的《被遗弃的花园》描绘了逝去的景色和短暂的幸福，憧憬理想化的田园世界，与阿根廷诗人卢贡内斯的《花园的黄昏》有多处雷同，曾引起了一场剽窃的笔墨官司。经调查后，人们发现这两位诗人是在同一时间、以同样的笔触和夸饰的语言各自独立创作的。风格的巧合、内容的雷同竟使人们在判断上产生错觉，引发出文人间激烈的论争。这种巧合和雷同虽是个别现象，但可以看出诗人们在创作上有相同点，这种相同点的汇合便形成了一股思潮，现代主义便在波澜壮阔的文学潮流中应运而生了，"它的影响深入到全部的当代诗歌"。（何塞·马蒂：《我们的美洲》）

10. 何塞·桑托斯·乔卡诺（José Santos Chocano, 1875—1934）秘鲁诗人，出生于首都利马的中产阶级家庭。诗人青年时期便投入革命活动，是位坚定的革命者，曾多次被捕入狱。他的生活充满了冒险精神，曾在中美洲、哥伦比亚、西班牙执行过外交使命，与危地马拉独裁者埃斯特拉达·卡夫雷拉感情甚笃，还撰文公开维护独裁制度。卡夫雷拉倒台后，诗人被判处死刑。在众多的西班牙语界知名人士和秘鲁政府救助下才免于一死。回国后与青年作家埃德温·埃尔莫雷、阿根廷作家卢贡内斯在报纸上论战。诗人与他的敌手埃尔莫雷邂逅，冲动的诗人向他开枪，致使后者伤重致死。诗人再次入狱，一年后被驱逐出境，在智利谋

第六章 现代主义文学

何塞·桑托斯·乔卡诺

生。1934年一名智利工人在电车上用匕首刺杀了诗人。

诗人的诗歌创作始于11岁,《在村庄里》(*En la aldea*, 1895)、《神圣的愤怒》(*lras santas*, 1895)、《橙花》(*Azahares*, 1896)等诗歌是他的早期诗作,这些诗歌充满了革命的激情、浪漫的色彩,后来的诗歌在反传统的思潮下,带有现代主义的元素,《原始森林》(*Selva virgen*, 1898)、《莫罗的诗史》(*La epopeya del Morro*, 1899)、《世纪颂歌》(*El canto del siglo*, 1900)、《撒旦的末日和其他诗歌》(*El fin de Satán y otros poemas*, 1901)等诗歌体现了诗人的现代主义创作风格。

《美洲之魂》(*Alma américa*, 1906)是诗人最有影响的诗作,一反现代主义追求脱离现实的绮丽文风,讴歌美洲大陆的风物世情。《美洲之魂》是诗人在火一般的激情下创作的,"熊熊的火焰把我烤焦,在我耳旁响起了一个美洲的声音",拉美的安第斯山、高原、草原、森林、征服者、总督、克里奥约、史前帝国的英雄映现在诗人的眼前,出现在他的

诗篇里。更值得诗人引以为荣的是对祖先的崇敬,也不避讳在他的血管里流淌着不同种族的血液:

> 我自认是印加帝国的君主
> 于是就向赐予我权杖的太阳称臣;
> 我自认是西班牙的子孙,怀念殖民时期;
> 我的诗歌就像是嘹亮的号角,
> 我的情思来源于摩尔血统的先人;
> 安第斯山是白银堆就,而莱昂却是黄金铸成,
> 我用史诗的旋律把这银这金融合,
> 血是西班牙的,而脉搏却发出印加的低吟……①

这首诗可与鲁文·达里奥的力作《希望与生命之歌》齐名,他的声誉超越了秘鲁的边界,成为西班牙语美洲诗人。

库斯科狭窄、铺了石子的街道　　库斯科的街头小贩

---

① 赵德明等编著:《拉丁美洲文学史》,北京:北京大学出版社,1989年。

第七章

拉美先锋派诗歌

(20 世纪初—20 世纪中叶)

拉美先锋派是1916年之后拉美各种纷繁歧异的文学流派的总称。拉美先锋派如潮涌动的态势与本世纪初的欧美现代派非常相近。拉美先锋派几乎遍及拉美各国,流派之多在拉美文学史上实属罕见。拉美先锋派是在欧美现代派直接的影响下发生的,但它发轫的直接原因还是它自身的内在因素。19世纪,拉美各国推翻了西班牙殖民者的统治,赢得了民族的独立,但军人乘机攫取了政权,实行独裁统治,使刚刚起步的民族资产阶级走向破产;拉美人民生活贫困,要求改变现状。不少先锋派诗人对祖国的前途、民族的命运表示关注、忧戚,投入到社会斗争中去。他们摒弃了现代主义的夸饰文风,把诗歌从空中拽回到地面,不再使用现代主义异国情调的题材,使诗歌语言简练、凝重,充满了生活气息。但在先锋派运动中出现了脱离现实的纯诗歌和政治化的社会诗歌的倾向。

一、后现代主义

后现代主义是现代主义与先锋派之间的文学流派,是一战结束后从墨西哥到阿根廷出现的一批推动诗歌改革的作家群体的文学主张。战后发生的一系列事件迫使诗人寻找比纯粹诗歌更能表达世界飞速变化的诗歌。这种诗歌的探讨可分为三个阶段:第一阶段是对传统诗歌的批判,其中包括现代主义诗歌形成的模式;第二阶段是诗歌的实验,使用新的诗歌语言和新的题材;第三阶段是对诗歌的取舍,一些诗歌在审美和伦理上的价值取得了人们的认同,有些后现代主义诗歌已孕育了某些欧美现代派的因素。

1. 冈萨雷斯·马丁内斯·恩里克(González Martínez Enrique, 1871—1952) 墨西哥诗人,生于瓜达拉哈拉城,在乡村行医达17年之久,1911年迁居墨西哥城。偏爱法国文学,翻译了波德莱尔和魏尔伦的作品,与友人创办《飞马》杂志,曾任教育部、艺术部副部长,出任驻智利、阿根廷、西班牙和葡萄牙的外交官。诗人早期的创作受到古铁雷斯·纳赫拉风格的影响,

冈萨雷斯·马丁内斯·恩里克

第七章　拉美先锋派诗歌

但后来诗人为什么反对现代主义诗歌？从诗人的十四行诗《扭断天鹅的脖子》(*Tuércele el cuello al cisne*, 1915) 可以找到缘由。

> 扭断那羽毛骗人的天鹅的脖子，
> 它在碧蓝的泉水中显示着洁白的神韵，
> 然而它只是炫耀自己的优雅
> 却感受不到景色的声音，事物的灵魂。

天鹅虽有着洁白的神韵，但"感受不到景色的声音，事物的灵魂"，只会炫耀自己的优雅，华而不实，故诗人提出"扭断那羽毛骗人的天鹅的脖子"。

> 请将那形式和语言抛弃
> 只要它们与深刻生活的内在节奏
> 脱离……热烈地崇拜生活吧，
> 并让生活理解你的美意。

这一节诗画龙点睛地道出了诗人要"扭断那羽毛骗人的天鹅的脖子"的由来。如果诗歌与生活脱离，"请将那形式和语言抛弃"，那种脱离现实的宫殿、湖水、孔雀和天鹅的诗歌已叫人难以忍受，所以诗人发出了"热烈地崇拜生活吧"的呼声。

> 请看那聪颖的猫头鹰展开了翅膀，
> 离开了帕拉斯，从奥林匹斯山
> 默默飞来，落在那棵树上……
>
> 它没有天鹅的风度
> 但灵活的眸子却凝视黑暗
> 领悟着静夜的神秘之书。①

洁白的天鹅

---

① 赵德明等编著：《拉丁美洲文学史》，北京：北京大学出版社，1989年。

聪颖的猫头鹰

诗人抛开了徒有外表的天鹅,钟情于聪颖的猫头鹰,让它从现代主义诗歌颂扬、推崇的希腊神话飞回人间的"那棵树上",诗歌不能再悬在空中,该回归大地了,"领悟着静夜的神秘之书"。故而诗人有"猫头鹰诗人"之称。

在诗人创作的众多诗歌中,较为著名的有:《沉默者》(*Silenter*, 1909)、《隐蔽的小径》(*Los senderos ocultos*, 1911)、《天鹅之死》(*La muerte del cisne*, 1915)、《猫头鹰的人》(*El hombre de búho*, 1944)、《平静的疯狂》(*La apacible de locura*, 1951)等。

2. **卡夫列拉·米斯特拉尔**(Gabriela Mistral, 1889—1957)智利诗人,出生于科金博省比科尼亚的教师家庭,原名为卢西拉·戈多伊·阿尔卡亚加,因仰慕意大利诗人卡夫列尔·邓南遮和法国诗人弗雷德里克·米斯特拉尔,便取前者的名和后者的姓,组合成她的姓名卡夫列拉·米斯特拉尔。米斯特拉尔性喜阅读,欧美各大名家都是她的老师,从他们的书中汲取营养,丰富了她的知识,虽然从未进过任何正规学校,但她的学问和才能得到人们的认可。为了减轻家中的负担,14岁时便在山村小学担任助理教师。1910年被聘为正式教师,先后担任了几所中学的校长。米斯特拉尔聪颖好学,9岁时就能即兴赋诗,1914年参加首都圣地亚哥举行的"花奖赛诗会",以3首为怀念不得志而轻生的未婚夫所写的《死的十四行诗》(*Sonetos de la muerte*)获得金奖,从此走上了诗歌的创作道路。《死的十四行诗》是女诗人一种既爱又恨的个人痛苦的体验,女诗人在小学任教时与铁路职工梅里奥·乌雷塔相爱,后来这个小伙子疏离了女诗人,两年后开枪自杀。女诗人痛不欲生,用极其细腻的笔触诉说了难以忘怀的不了情,对恋人至深的爱溢于言表。

卡夫列拉·米斯特拉尔

第七章　拉美先锋派诗歌

人们将你放在冰冷的壁龛里，
我将你挪回纯朴明亮的大地，
他们不知道我也要在那里安息，
我们要共枕同眠梦在一起。

我让你躺在阳光明媚的大地，
像母亲照料酣睡的婴儿那样甜蜜。
大地会变成柔软的摇篮，
将你这个痛苦的婴儿抱在怀里。

然后我将撒下泥土和玫瑰花瓣，
在月光缥缈的蓝色的薄雾里，
把你轻盈的遗体禁闭。

赞赏这奇妙的报复我扬长而去，
因为谁也不会下到这隐蔽的深穴里
来和我争夺你的尸骨遗体。

——《死的十四行诗》①

米斯特拉尔手稿

---

① 赵振江编：《拉丁美洲历代名家诗选》，昆明：云南人民出版社，1988年。

米斯特拉尔的第一部诗集《绝望》（*Desolación*, 1922）由纽约西班牙学院出版，该诗的语言质朴、生动，外在的叙述宁静雅致，字里行间却流露出炽烈、真挚，打破了雕琢、夸饰、华而不实、异国怪诞的现代主义文风，但诗人却浸淫在个人感伤、哀婉、痛苦之中。这种痛苦既有恋人的离去、死亡带来的创痛，也有人间的世态炎凉、冷漠、孤情给女诗人的伤痛。女诗人出生在风景旖旎的小村，犹如处身于桃花源，但人情的淡薄、冷漠并未使女诗人在优美的自然环境中感到惬意、愉悦，反而使她的生活充满忧郁、感伤。所以，她的《绝望》仍残留着现代主义的痕迹。

在米斯特拉尔的一生中，除了《绝望》外还有诗集《塔拉》（*Tala*, 1938）、《柔情》（*Ternura*, 1924）、《压榨机》（*Lagar*, 1954）和未完成的《智利的诗》（*Poema de Chile*, 1967），这些诗，题材广泛，有对母亲和儿童的关注、对家乡和同胞的热爱、对印第安人苦难和犹太民族不幸的同情，突破个人情感的局限，从忧伤转向人道主义的博爱，显示了女诗人社会意识的增长和艺术境界的升华，但也透露出神秘主义的色彩。女诗人因"她那富于强烈感情的抒情诗歌，使其名字成为整个拉丁美洲理想的象征"，于1945年获得诺贝尔文学奖，成为拉丁美洲获得该奖的作家。

米斯特拉尔自1922年起活跃在国际舞台，是年应墨西哥公共教育秘书、墨西哥大学校长何塞·巴斯孔塞洛斯的邀请，参与该国的教育改革；1924年赴美讲学。两年后出任驻拉美和欧洲一些国家的领事，晚年还担任过智利驻联合国的特使。1957年病逝于纽约，去世后出版了她的书信、散文集《捎给智利的口信》（*Recados contando a Chile*, 1957）。

卡夫列拉·米斯特拉尔

二、创造主义

什么是创造主义？智利诗人维多夫罗于1916年在阿根廷首都布宜诺斯艾利斯艺术协会的讲演中指出：诗人第一是创造，第二是创造，第三还是创造。

创造主义宗旨：创造，创造形象，创造环境，创造概念，一切都在于创造。诗人的职责在于创造一个形象世界，而不是描绘自然世界。

创造主义依据：维多夫罗认为科学家需要创造精神，艺术家也需要创造精神，这如同20匹马拉的汽车，谁也没见过20匹马拉的汽车，这完全是人们的创造。情同此理，诗人笔下的现实也不为人所见。艺术的真实不同于生活的真实，因而创造主义有其存在的条件。

维森特·维多夫罗

维森特·维多夫罗（Vicente Huidobro, 1893—1948）智利诗人，创造主义诗歌理论的倡导者，生于首都圣地亚哥的贵族之家。从小随父母游历欧洲，在首都完成小、中学学业。诗人爱诗、写诗，18岁时发表诗作《灵魂的回声》（*Ecos del alma*, 1911），接着又创作了《夜歌》（*Canciones en la noche*, 1913）、《寂静的岩洞》（*La gruta del silencio*, 1913）、《隐蔽的宝塔》（*Las pagodas ocultas*, 1914）、《亚当》（*Adán*, 1916）、《水的镜子》（*El espejo de agua*, 1916）和由他女儿搜集的他的诗作《最后的诗篇》（*Últimos poemas*, 1948）。

诗人还用英、法文创作了一些诗歌，但他更喜欢宣传诗歌，扩大诗歌的影响，先后创办了杂志《年轻的缪斯》、纪念现代主义先驱鲁文·达里奥的《蓝》；1916年在法国与友人合办《北方·南方》杂志；1921年在马德里创办《极端》杂志；1924年在巴黎创办《创造》杂志。这些杂志，早期的是宣传鲁文·达里奥的诗歌理论，后期的是关于先锋派的文学主张，主要是他倡导的创造主义。

维森特·维多夫罗

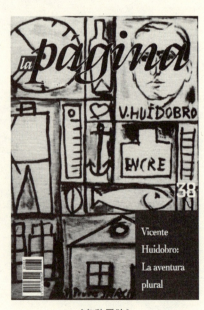

《多种冒险》

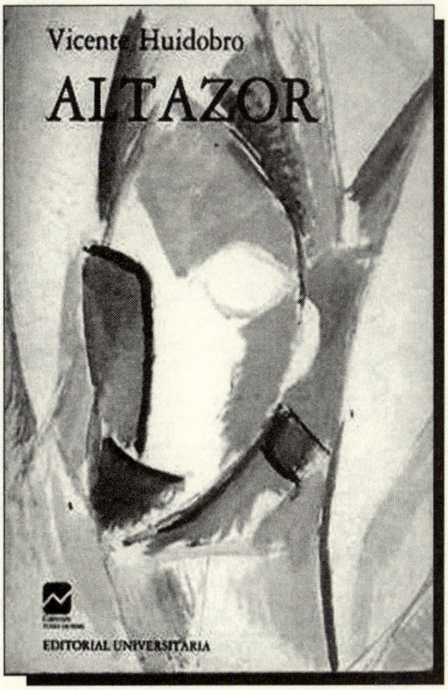

第七章　拉美先锋派诗歌

1919年诗人进入法国和德国的大学读书，同时在巴黎、马德里、斯德哥尔摩、柏林宣传他的创造主义。最能代表他的文学主张的诗歌《阿尔塔索尔》(*Altazor*) 于1931年在马德里出版。

何为创造主义？创造主义就是创造形象，创造环境，创造概念，一切都在于创造。《阿尔塔索尔》便是诗人的创造，它是由形容词"高的"和名词"苍鹰"的合成，实现了"字的解放"。

《阿尔塔索尔》全诗共7章，描述现代人心理的扭曲和人性的变异，从有序到无序，从信仰到荒谬，表现现代人在追求上的失败，一种毁灭感从诗里流露了出来。

《阿尔塔索尔》

> 天空正等待着一架飞机
> 我却听到了地下死者的笑声。

在另一节诗中形象地表述了这种毁灭。

> 心明白有一个被捆住的明天
> 必须解脱出来
> 它生活在它的寂静和不幸的光线里
> 犹如灯笼偷窃了树木的闪烁。

诗歌的最后一章把一切化解在梦幻中，只有如诉如泣的音符，意味着毁灭的到来。

> 拉拉里
> 伊奥伊阿
> 伊伊伊奥
> 阿伊阿　伊　阿伊　伊伊伊　奥　伊阿

《阿尔塔索尔》已没有鲁文·达里奥诗歌的空灵、虚泛，把诗歌从空中拽回大地，而这块大地已非传统概念的世界，而是维多夫罗创造的新世界，这个新世界又与现实的世界相差如此遥远，以至于有一种诗人的双脚还未着地的感觉。

然而，诗人脚踏实地地生活在这个世界上，积极投入到火热的政治斗争中去。1936年支持智利人民阵线，写下了反法西斯的日记《意见》（*La opinión*）；同年创作《光荣和鲜血》（*Gloria y sangre*），纪念奔赴西班牙的智利诗人；1939年参加在西班牙举行的反法西斯大会，从西班牙归来后发表小说《讽刺或话语权》（*Sátiro o el poder de las palabras*）；1941年出版了诗集《看和摸》（*Ver y palpar*）和《忘却的市民》（*El ciudadano del olvido*），并加入了法国军队，参加了1944年攻克柏林之战。1948年因战争中的脑伤发作而去逝。诗人除了写诗，还写了长篇小说《勇士熙德》（*Mío Cid campeador*, 1929）、剧本《在月亮里》（*En la luna*, 1934）、散文和记事集《逆风》（*Vientos contrarios*, 1926）等作品。

战斗中的勇士

三、尖啸主义

尖啸即大声疾呼、呐喊、咆哮，掀起一股强大的声波，使空气振动。尖啸主义是由墨西哥一批志同道合的诗人发起和组织的运动，主要的倡导者是诗人曼努埃尔·马普莱斯·阿尔塞，还有画家曼努埃尔·阿尔瓦和雕塑家赫尔曼·休托的参与。

马普莱斯于1921年12月末发表了第一个尖啸主义宣言，1923年1月与以利斯特·阿苏维德为首的诗人在普埃布拉发表了第二个尖啸主义宣言，吸收了一批医生参加了尖啸主义队伍，1926年7月尖啸主义者在萨卡特卡斯发表了第三个宣言，同年又在维多利亚发表了第四个宣言。尖啸主义者首先把欧美现代派的思潮引进墨西哥，冲击了死水一潭的墨西哥文坛和眷恋陈旧传统的文人，为20世纪初的新诗带来了繁荣。尖啸主义者虽未创作出划时代的作品，但他们的探索是有益的，对后人不啻是一种启迪。

塔克斯科(墨西哥)的礼物商店里摆满了银器纪念品

曼努埃尔·马普莱斯·阿尔塞（Manuel Maples Arce, 1900—1981） 墨西哥诗人，尖啸主义倡导者，生于贝拉克鲁斯州潘帕特拉。诗人团结和组织了一批文学艺术界的志同道合者，掀起了一场颇有影响的尖啸主义文学运动，于1921

曼努埃尔·马普莱斯·阿尔塞

《〈当代〉第一期》

年12月末发表了题为《〈当代〉第一期》、副标题为《先锋派的一页：受压制的尖啸主义者曼努埃尔·马普莱斯·阿尔塞的第一个尖啸主义宣言》，接着与以诗人利斯特·阿苏维德为首的尖啸主义者在普埃布拉发表了第二个尖啸主义宣言。

诗人的第一部诗作《内部脚手架》（*Andamios interiores*，1922）是对他的尖啸主义的阐述："电流沿着烫平的街道似血般流淌"、"呼喊的火车头"、"自动的生活在一张平庸的报纸上晒得黝黑"等诗句散发出尖啸主义的气息。在诗人的代表作《城市》（*Urbe*, 1924）中写道：

> 被玻璃击溃得满目疮痍的下午
> 在电话线上飘荡，
> 在时间逆向的
> 支撑点之间
> 神灵悬挂在机器上。

美洲虎武士，来自于特拉克斯卡拉附近的卡卡克斯特拉里的壁画(墨西哥)

美洲虎面具(墨西哥)

第七章　拉美先锋派诗歌　91

《城市》中的"电话线"、"机器"、《内部脚手架》中的"电流"、"火车头"、"电报"、"水上飞机"、"报纸"等现代的创造发明尽在他的诗中。他的诗不仅讴歌20世纪出现的新鲜事物,而且有丰富的社会内容,荡涤了现代主义诗歌的贵族气和象牙塔里的无病呻吟。现代主义诗歌中的仙女、公主、宫殿被尖啸主义诗歌中的革命者、工人和工厂所取代,赋予诗歌蓬勃的朝气。

尖啸主义对现时和未来感兴趣,但不钟情过去,甚至否定过去,不逃避社会斗争。他们的诗歌素材是由办公室、大城市的街道、大楼的日常生活所提供的。他们歌唱工人、革命者和机器。在诗歌的形式上,他们追随当时欧洲的倾向:抛开韵脚、诗歌中规定的音节数目,自由地运用语言。

尖啸主义运动于1924年发展到鼎盛时期,曾举办过尖啸主义画展和音乐会,轰动一时。之后,诗人和尖啸主义的代表人物创作的作品已逐渐失去了尖啸主义的特色,诗人后来的诗作已与尖啸主义无多大关系。尖啸主义运动终于在1927年降下了帷幕。

克查尔克亚特神庙上的项圈有羽毛的神蟒头(墨西哥)

装饰豪华的圣弗朗西斯科·阿卡特佩克(墨西哥)

诗人还创作了诗歌《被剥夺公民权的诗歌》（*Poemas interdictos*, 1927）、《血的记忆》（*Memorial de la sangre*, 1947）、《时间种子》（*La semilla del tiempo*, 1981）；散文集：《墨西哥文学概览》（*El paisaje en la literatura mexicana*, 1944）、《墨西哥现代艺术》（*El arte mexicano moderno*, 1945）、《墨西哥艺术巡礼》（*Peregrinación por el arte mexicano*, 1952）、《激励与评价》（*Incitaciones y valoraciones*, 1957）；自传：《在河的此岸》（*A la orilla de este río*, 1964）。

四、极端主义与马丁·菲耶罗主义

以西班牙诗人拉斐尔·埃西诺斯·阿森斯为首的5位诗人吉列尔莫·德托雷、胡安·拉雷亚、赫拉尔多·迭戈和当时客居西班牙的阿根廷诗人豪尔赫·路易斯·博尔赫斯于1919年创立了一个新的文学流派：极端主义。

极端主义，按博尔赫斯在《极端主义》一文中的说法是：一、抒情诗的首要因素是比喻；二、删去无关紧要的句子、无用的形容词和句子之间的联系；三、废除各种装饰、陈词、繁琐、说教、故意的晦涩；四、把两个或更多的形象合而为一，以便扩展联想力。他1921年在《我们》杂志上登载的这篇文章，成为极端主义的创作原则。

1921年对西班牙人来说意味着极端主义的结束，而对拉美人来说则是极端主义的开始。在这一年，博尔赫斯回到了阿根廷，主编杂志《棱镜》，宣传他的极端主义主张，只出了两期便偃旗息鼓了。次年，极端主义刊物《船头》创刊，后又停刊。不久《创始》杂志问世，一直办到1927年，极端主义到达高潮。博尔赫斯回国后的文学活动正符合了时代的要求，当时的阿根廷作家如卢贡内斯、吉拉尔德斯的创作已有了先锋派倾向。

马丁·菲耶罗主义以埃瓦尔·门德斯创办的杂志《马丁·菲耶罗》而得名。《马丁·菲耶罗》在1924年第4期发表了奥利韦里奥·希龙多撰写的宣言，"呼唤能够感觉到我们处于一种新的

马丁·菲耶罗主义者埃瓦尔·门德斯

第七章　拉美先锋派诗歌

感觉、一种新的理解的人,如果同意我们的话,这种新的理解使我们发现最为广阔的创作前景和新的表现手段和形式"。在博尔赫斯的参与下,《马丁·菲耶罗》也成为了极端主义的"机关报",团结了一批1900年左右出生的年轻人。

1. 奥利韦里奥·希龙多(Oliverio Girondo, 1891—1967) 阿根廷诗人,生于首都布宜诺斯艾利斯,在英法两国度过他的少年时代,熟悉欧洲的文艺思潮,1905年回国定居。诗人特别推崇法国诗人阿波利奈尔和未来主义,他在法国出版的处女作《20首供电车上阅读的诗》(*Veinte poemas para ser leídos en la tranvia*, 1922)便是在阿波利奈尔的影响下创作的。

诗人,从1924年为《马丁·菲耶罗》杂志起草的宣言,到1956年出版的"实验诗歌"《在马斯梅都拉》(*En la masmédula*),以及在这期间出版的《帖花图案》(*Calcomamías*, 1925)、《稻草人》(*Espantapájaros*, 1932)、《日月的劝导》(*Persuación de los días*, 1942)和《我们的原野》(*Campo nuestro*, 1946)都体现了极端主义的创作原则,不受正规的句法、诗法的束缚,充满了比喻和新的语汇。在20世纪50年代,极端主义渐趋衰微,诗人一如既往地进行诗歌的创新,但已向超现实主义发展,他的最后一部诗作《在马斯梅都拉》把梦呓般的语言串联起来以表现超现实。

从总体上看,希龙多的诗歌内容大多描写阿根廷农村的习俗和景物,反映动荡不安的社会生活。然而,极端主义的反叛精神贯穿他作品的始终。

《日月的劝导》

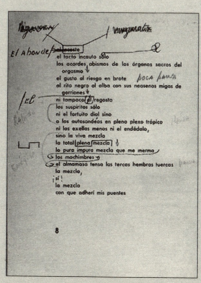

希龙多手稿

《面前的月亮》

《布宜诺斯艾利斯激情》

豪尔赫·路易斯·博尔赫斯

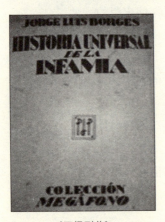
《恶棍列传》

《我的巨大希望》

2. **豪尔赫·路易斯·博尔赫斯**（Jorge Luis Borges, 1899—1986）阿根廷作家、诗人，出生于首都布宜诺斯艾利斯一个有着英国血统的富裕家庭，从小就阅读大量的英语文学经典。1914年全家侨居瑞士日内瓦，他在那儿读完中学，之后去了西班牙。在西班牙期间，参加了极端主义文学运动。1921年回国后与友人创办杂志《棱镜》、《船头》，并参加了《马丁·菲耶罗》杂志的活动，倡导极端主义，介绍欧洲先锋派文学，并开始文学创作。1923年出版了第一部诗集《布宜诺斯艾利斯激情》（*Fervor de Buenos Aires*）、《面前的月亮》（*Luna de enfrente*, 1925）；散文集：《探询集》（*Inquisiciones*, 1925）、《我的巨大希望》（*El tamaño de mi esperanza*, 1926）和短篇小说集：《恶棍列传》（*Historia universal de la infamia*, 1935）、《小径分岔的公园》（*El jardín de senderos que se bifurcan*, 1941），后者为博尔赫斯带来了荣誉。30年代后期在布宜诺斯艾利斯公共图书馆任职，因在反庇隆政府的宣言上签名而被解职。1955年庇隆政府倒台后才恢复名誉，被任命为国立图书馆馆长。50年代后以小说创作为主，出版的小说计有：《杜撰集》（*Ficciones*, 1944）、《阿莱夫》（*El Aleph*, 1949）、《布罗迪的报告》（*El informe de Brodie*, 1970）、

《沙之书》（*El lilro de arena*, 1975）等短篇小说集。晚年获得各种头衔和荣誉证书、奖章和文学大奖，1979年荣膺西班牙的塞万提斯文学奖，唯独没有拿到过诺贝尔文学奖。

博尔赫斯擅长短篇小说的创作，在他的一生中从未发表过鸿篇巨制，这是因为遗传性的眼疾不宜长篇小说的创作，极端主义简洁、洗练的文风为他打下了日后在语言表达上惜墨如今的创作基础。因此，博尔赫斯的小说短小精悍，却隐藏着一种深奥的哲理；运用典故和象征，制造梦幻、神秘的氛围。小说的情节扑朔迷离，结构新颖，充满了想象力，有的评论家把博尔赫斯的小说归入幻想文学。但也有人视他为后现代主义文学的先驱，因为他的小说具有太多的后现代主义元素，如不确定性、虚构性和元小说等，《阿莱夫》便是一部后现代主义小说。

《阿莱夫》以第一人称"我"来叙述，"我"的女友贝雅特丽齐于1929年2月病逝，4月20日是她的生日，每年的这一天"我"都去她家探望她的父亲和表哥卡洛斯·阿亨蒂诺·达内里。阿亨蒂诺是个诗人，在一家图书馆任职，在10月的一天打电话告诉"我"，一家咖啡馆要扩大，准备拆除他的住房。他还对"我"说，为了完成他的一部长诗，"那幢房子是必不可少的，因为地下室的角落里有一个阿莱

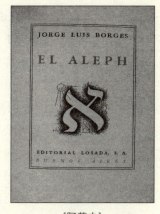

《阿莱夫》

《沙之书》

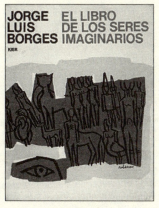

《人类想象之书》

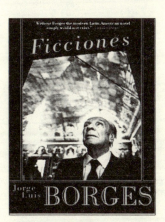

《杜撰集》

《第三创造》

夫"。他解释说，阿莱夫是空间包罗万象的一点。"我"沿着他房子地下室的楼梯走下去，发现一个闪烁的小圆球：阿莱夫，直径大约二三厘米，但宇宙空间都包罗其中。"我"劝阿亨蒂诺利用房屋拆除的机会离开有害的大城市，但闭口不谈阿莱夫。

《阿莱夫》中的后现代主义（20世纪60年代的文学流派）气息非常浓郁，阿莱夫是不确定的、模糊的，既是希伯来语中的第一个字母，也是一个点，一个闪烁的小圆球，甚至是宇宙，蕴含着多种意义。然而，作家在1943年3月1日后记中写道："我认为加伊街的阿莱夫是假的。"明白无误地向读者说明阿莱夫完全是作者的虚构，这种自我指涉正是后现代主义元小说的特点。作家假借阿莱夫叙述他对世界的认知，从对世界认知的多元性中否定世界的一元性，颠覆宏大叙事的合理性。

第八章

拉美后先锋派诗歌

(20 世纪中叶—)

塞萨尔·阿夫拉姆·巴列霍

拉美先锋派以拉美现代主义于1916年结束为它的开始,以1929年爆发的世界经济危机为它的结束,时间跨度近二十年。在这近二十年里,拉美先锋派似乎走完了它的历程。事实上,先锋派的某些特征在拉美诗人身上时隐时现,不同程度地影响着拉美诗人的创作,在秘鲁的巴列霍、古巴的纪廉和智利的聂鲁达身上表现得更为显著。第二次世界大战,拉美诗人突破了先锋派诗歌追求社会功能、文学承诺的窠臼,展现了个人的想象力;在语言的运用上更为大胆、自由,把日常生活中的语言也纳入诗歌中;创作题材也更为广泛,社会、文化、历史、政治和生活的方方面面,都是诗人或歌颂、或讽刺、或批判的对象,这就是拉美的后先锋派诗歌。二战后最具代表性的后先锋派诗人是墨西哥的奥克塔维奥·帕斯。

1. 塞萨尔·阿夫拉姆·巴列霍(César Abraham Vallejo, 1892—1938) 秘鲁诗人,生于拉利伯塔省的圣地亚哥德丘科。诗人家境贫寒,1912年进入圣马科斯大学学医,后转入特鲁希略自由大学攻读文学,又改学法律。1918年移居首都利马,从事新闻和教育工作,同时进行文学创作。同年发表他的第一部

墨西哥画家西凯罗斯:《新民主》

第八章 拉美后先锋派诗歌

诗集《黑色的使者》（Los heraldos negros,1918），在这部诗集里布满了现代主义的蛛丝马迹，甚至比现代主义大师鲁文·达里奥有过之而无不及。鲁文·达里奥只是逃避现实，在他的象牙塔里营造诗歌的宫殿，巴列霍远非逃避现实，他感到自己来到这个世界是多余的。诗人出生在一个印欧混血的家庭里，父亲是西班牙人，母亲是印第安人，他有兄弟11人，排行最小。曾在秘鲁北部流浪，当过矿工、教师、甘蔗园会计的助手，目睹生活在底层的人们的苦难，感到他来到人间夺了别人的口粮，喝了别人的咖啡，给人类增添了一份苦难。

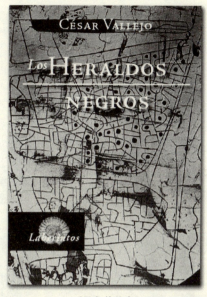

《黑色的使者》

> 我全身的骨头都是别人的；
> 或许是我偷来的！
> 也许我顶替了别人
> 来到了人间；
> 我不禁想，如果我没有出世，
> 别的穷人将喝这杯咖啡！
> 我是个可恶的贼……我将向何处去。
> ——《我的面包》

这首诗是诗人对自我的谴责，诗人自责的背后透露出要求公正，"宁愿多数人拥有少量财富，不愿少数人拥有大量财富"的人道主义思想。

1920年诗人在赴欧之前，回故里为母亲扫墓，不幸被指控涉嫌一起暴力事件，与他的两个兄弟一起被捕，囚禁了4个月后无罪释放。铁窗生涯、母亲病故、好友因车祸身亡，种种的不幸使诗人百感交集，创作了他一生中最辉煌的诗篇《特里尔塞》（Trilce, 1922）。

《特里尔塞》

塞萨尔·阿夫拉姆·巴列霍

　　《特里尔塞》中的大部分诗歌是诗人在狱中写成的，充分展示了诗人的个性。当时，诗人在精神和肉体上承受了严重的打击，他的这种心绪很难用传统的抒情语言来表达，需要一种他自己的语言，巴列霍的语言，表达他自己的感情，这就是巴列霍诗歌的特色：灰色的情感，生造的语言，就连"特里尔塞"这个词也是诗人的创造。由于诗人使用巴列霍式的语言，令人难以读懂，我们只能通过诗人的坎坷经历，从外部观察他的世界，却进不了他的世界。不过，从字里行间可以发现诗人以印欧混血种人的身份表达他的内在情感，这就是要与现代主义决裂，转向对人的命运的关怀，对被压迫者的同情。诗人3次访问苏联，在西班牙加入了共产党，并参加了西班牙内战，写下了《西班牙，请把这杯酒从我面前端走》（Enpaña, aparta de mi este cáliz, 1931），热情地讴歌了西班牙人民的反法西斯战争。诗人去世后出版的《人类的诗篇》（Poemas humanos, 1939）突出了个人的渺小、无助，只有参与到社会的斗争中去才有希望。诗人还创作了一部小说《钨》（El tungsteno, 1931），谴责了美国垄断资本及其在秘鲁的代理人对印第安人的压迫和剥削，表明了诗人反帝反殖的立场。

《给士兵的歌和给旅游者的松》　　　　《音响的动机》　　　　《松戈罗·科松戈》

2. 尼古拉斯·克里斯托弗·纪廉 (Nicolas Cristóbal Guillén, 1902—1989)

古巴诗人，生于马卡圭省。父亲是自由党议员，因反对古巴独裁者马里奥·加西亚·梅诺卡总统而被杀害。他的诗集《给士兵的歌和给旅游者的松》(Cantos para soldados y sones para turistas, 1937) 就是献给被害的父亲的。早年当过印刷厂的学徒，1921年进入哈瓦那大学攻读法律，次年辍学还乡，在希望破灭中挣扎，寻找生活的出路，开始进行诗歌创作，他的成名作《音响的动机》(Motivos de son, 1930) 在黑人的音乐节奏中融合了古巴的风光、习俗，给沉闷的先锋派带来了一股清风。他的《松戈罗·科松戈》(Songoro cosongo, 1931) 更把黑人的音乐节奏与沿街叫卖声、黑人民谣混合在一起，形成一种新的旋律，在内容上反映了古巴的社会现实和对黑人的不公和歧视。之后创作的《西印度有限公司》(West lndies Limited, 1934) 已不仅是对黑人不幸的呐喊，而是以激愤的情绪谴责外来侵略者对古巴经济的控制和对黑人、混血人种的奴役，把黑人问题置于整个国家反帝斗争的氛围中，诗人的思想、感情得到了进一步的升华。1937年加入古巴共产党，同年参加了西班牙内战，创作了《西班牙，四种苦恼和一种希望》(España, en cuatro angustias y una esperanza, 1937)，叙述了西班牙人民在内战中遭受的苦难，祈祷西班牙人民有一个美好

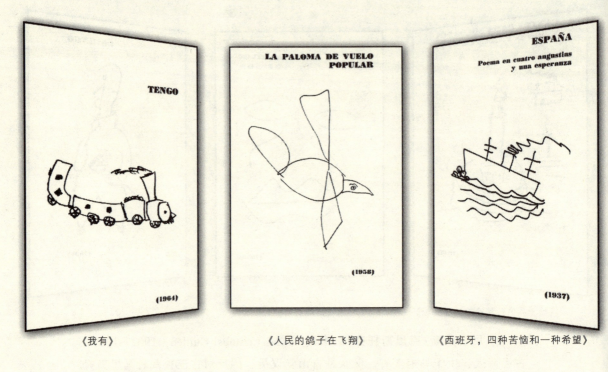

《我有》　　　　　　　　《人民的鸽子在飞翔》　　　　《西班牙，四种苦恼和一种希望》

的未来。

诗人从政之路并不一帆风顺，虽然1940年当选卡马圭市长，但由于反对巴蒂斯塔独裁政权，多次被捕入狱。1953年至1958年一直在国外流亡，直到1959年古巴革命胜利才回国。曾担任古巴作家和艺术家联合会主席和出任无任所大使。诗人在流亡期间获得了"加强国际和平"列宁国际奖金，1958年访问过中国。在阿根廷发表了《人民的鸽子在飞翔》(*La paloma de vuelo popular*, 1958)。在古巴革命胜利后创作的诗歌有：《我有》(*Tengo*, 1964)、《伟大的动物园》(*El gran zoo*, 1967)、《齿轮》(*La rueda dentada*, 1972)、《每天的日记》(*El diario que a diario*, 1972)；散文《急救集》(*Prosa de prisa*, 1975—1976)和《诗歌作品》(*Otra poética* 1920—1972, 1974)。

值得注意的是，诗人创作了一种叫"穆拉托诗歌"（意即白人与黑人混血的诗歌），从诗歌中流露出对两种文化和种族消除隔阂、和谐相处、共辱共荣、共同发展的追求。诗人的这种思想对解决当今两种文明的冲突提供了一种可能性。诗人在《二老谣》(*Balada de los dos abuelos*) 中写道：

费德里科老爷冲我喊,
法库恩多老爹却沉默;
夜里两人都入梦,
走呀走呀走不停。
我把他们召集起:
"费德里科!"
"法库恩多!"
二人相拥抱,
二人齐叹息。
头颅都高昂,
坚强而有力;
二人的身材都相同,
头顶着同一个星空;
二人的身材都相同,
黑人的憧憬,白人的憧憬,
二人的身材都相同,
他们喊,他们梦,他们哭,他们唱。
他们梦,他们哭,他们唱。
他们哭,他们唱。
他们唱!①

纪廉

3. 巴勃罗·聂鲁达（Pablo Neruda, 1904—1973）智利诗人，出生于利纳雷斯省帕拉尔镇的一个铁路工人家庭里。幼年丧母，继母待他如己出，一家三口其乐融融。后全家移居特墨科城，诗人在那儿读完了小学和中学。1921年进入圣地亚哥教育学院学习法语，同年以《节日之歌》

巴勃罗·聂鲁达

---

① 拉丁美洲使团编:《拉丁美洲诗集》。北京:外语教学与研究出版社,1994年。

《二十首情诗和一支绝望的歌》

聂鲁达之墓

聂鲁达在黑岛的别墅

(*La canción de la fiesta*) 获得全国学生联合会诗歌比赛第一名。从此，放弃大学的学业，决心终身从事诗歌创作。1923年自费出版了他的第一部诗集《黄昏》(*Crepusculario*)，次年出版第二部诗集《二十首情诗和一支绝望的歌》(*Veinte poemas de amor y una canción desesperada*)，这部诗集的问世使诗人声名鹊起。这部诗集感情真挚、朴实，风格清新，散发着浓郁的大自然气息，但诗中还残留着现代主义的痕迹。

为了维持生活和扩大创作视野，诗人曾向外事部门谋求一个职位，但都未得到答复。后经有影响的朋友的疏通，才被任命为驻缅甸的领事、锡兰（今斯里兰卡，1928—1930）、印度尼西亚（1930）、新加坡（1931）等国的领事。1933年任驻布宜诺斯艾利斯领事。诗人长期在外任职，远离祖国，语言的隔阂、习惯的不合使诗人倍感孤独。1934年先后任驻西班牙巴塞罗那和马德里领事。1935年创作了《大地上的居所》（第一、二集）(*Residencia en la tierra*)，陷入了个人感情的圈子，流露出悲观厌世的情调，充斥着悲哀、痛苦、绝望的情绪。1936年西班牙内战爆发，西班牙的枪炮声唤醒了苦闷中的诗人，在民主和法西斯两种力量的较量中，面对成千上万的无辜者倒在血泊里，诗人不能无动于衷，创作了《西班牙在我心中》(*España en el corazón*, 1936)。

第八章　拉美后先锋派诗歌

因同情和支持西班牙人民的斗争，1937年诗人被免职回国，1939年智利人民阵线新政府任命诗人驻巴黎领事，处理西班牙难民的事宜。经过西班牙内战血与火洗礼的诗人，不再是特墨科和圣地亚哥的浪漫主义者了，也不再是驻外使节的厌世者，而以一个社会斗士的面貌出现，发出了新的呐喊。1943年诗人结束了驻墨西哥总领事的工作，在回国途中参观了秘鲁的印加帝国遗址——马丘比丘，写下了3500行的长诗《马丘比丘之巅》（Altura de Macchu Picchu），这首诗后来成为诗人的诗集《漫歌》（Canto general）的核心部分。1945年诗人被选为国会议员，并获得智利国家文学奖，后加入了智利共产党。1948年智利共产党被宣布为非法，诗人于次年流亡国外。

《漫歌》

诗人在流亡期间，开始构思《漫歌》，从1938年动笔到1950年出版，历时12年。这部巨著的诗集共15章248篇，与其说是一部史诗，不如说是拉美人物的画廊，拉美历史上的各色人等展览于大庭广众之中：西班牙的征服者、反殖民统治的斗士、为民族独立而奋斗的解放者、掠夺人民的剥削者和独裁者。通过对被歌颂的或被谴责的历史人物的描述，一部浩瀚的拉美历史在诗人笔下汩汩地流动，诗人也把自己放入历史的洪流中，写下了《漫歌》的最后一章"我是"。诗

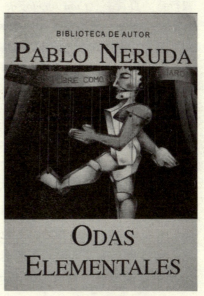

《元素之歌》

《葡萄与风》

人"因为他的诗作具有自然力般的作用,复苏了一个大陆的命运和梦想"而获得1971年度的诺贝尔文学奖。

诗人在获得诺贝尔文学奖前,曾于1950年荣获"加强国际和平"列宁国际奖,嗣后访问中国。1952年智利政府撤消了对他的通缉令,诗人返回智利,1957年担任智利作家协会主席。1971年智利人民阵线候选人阿连德当选总统后,诗人被任命为驻法大使,次年因病辞职回国,1973年逝世于首都圣地亚哥。

在诗人的创作生涯中,60年代之前的诗作有:《元素之歌》(*Odas elementales*, 1954)、《葡萄与风》(*Las uvas y el viento*, 1954)、《新元素之歌》(*Nuevas odas elementales*, 1956)、《爱情十四行诗一百首》(*Cien sonetos de amor*, 1959),60年代之后没有写出很有特色的诗歌,这源自政治风云变幻莫测,诗人感到惶惑,无所适从;这也与生活安逸、养尊处优、与大众疏离、脱离现实有关。

4. **奥克塔维奥·帕斯**(Octavio Paz, 1914—1998)墨西哥诗人,生于墨西哥城。祖父是记者,父亲是律师,母亲是西班牙移民,唯有祖母是印第安人。诗人从小饱读欧美经典,17岁开始写诗,《野生的月亮》(*Luna silvestre*, 1933)是他的第一部诗集。诗人早期的诗歌活动不在于诗歌创作,而是创办杂志,经他创建和主编的杂志有《栏杆》、《墨西哥谷地手册》、《工作间》、

奥克塔维奥·帕斯

《浪子》等。1937年是诗人生活发生重要转折的一年,在这一年里,诗人与女诗人埃莱娜·加罗结婚;参加了在西班牙召开的反法西斯作家代表大会,结识了一些著名的诗人如秘鲁的巴列霍、智利的维多夫罗、西班牙的安东尼奥·马恰多和米盖尔·埃尔南德斯;诗人创作的《在你清晰的影子下,及其他关于西班牙的诗》(Bajo tu clara sombra y otros poemas sobre España, 1937)宣告了诗人与西班牙17世纪诗歌缘分的结束,将面对现实,创作另一类型的诗歌——社会诗歌。

在帕斯的诗人生涯中,超现实主义对诗人的影响颇深。诗人作为外交使节曾在巴黎生活了6年,与超现实主义者经常接触,超现实主义运动全新的文学概念改变了诗人对事物的认知态度和价值观。超现实主义对西方文明的颠覆使诗人重新审视阿兹特克神话的价值,他的《话语下的自由》(Libertad bajo palabra, 1949)是最具有超现实主义特征的诗歌。《太阳石》(Piedra de sol, 1957)就是在超现实主义影响下创作的,首先诗人批判地吸收了超现实主义的理念,反对资本主义和西方文明,同时宣扬印第安传统,并把印第安传统融入到诗歌中。太阳石即阿兹特克族印第安人的太阳历石碑,直径为3.58米,重24吨,它是长方形的小型图案组成的圆形,中间用"四动"符号构成×形,正中是一个地魔的面孔。"四动"表示传说中的四个世界先后毁于老虎、飓风、暴雨和洪水,也预言第五个世界毁灭于地震,每个世界都用它毁灭的日子来命名。因此,太阳石历内含着一种宿命的色彩。诗人借助太阳石历寓意时空循环运动。首先,诗人从诗的篇章结构着手,全诗的开篇和结尾都使用相同的诗句,形成一种环形的结构,表明世间万物都在周而复始,循环不止。

《孤独的迷宫和其他作品》

奥克塔维奥·帕斯

第八章 拉美后先锋派诗歌

一棵亮晶晶的柳树,一棵水灵灵的山杨,
一眼随风摇曳的高高的喷泉
一棵挺拔却在舞动的树,
一条弯弯曲曲的河流
前进、后退、转弯,
但最后总能到达:①

全诗以冒号作为结束,预示着一个周期的结束,另一个周期即将开始。《太阳石》在使用标点符号上也别出机杼,全诗没有句号,只有逗号,其他的标点符号也极少使用。诗人的用心是为了说明生命、历史在持续地发展,永远不会打上句号,除非世界末日来临。

1950年诗人创作的《孤独的迷宫》(*El laberinto de la soledad*) 则是《太阳石》的前奏,诗人用散文的形式拷问墨西哥人的灵魂,批判墨西哥人的性格:孤独、与世隔绝的孤独,它源于拉美前殖民地时期、殖民地时期、拉美独立时期或墨美、墨法战争时期,造成了"墨西哥人不愿、不敢成为自己","被驯服的奴仆或种族总戴着一副或是微笑或是严肃的面具"。墨西哥人否认自己民族的根,不愿意承认他们是印第安人或西班牙人的后代,否定他们与过去的联系。如果墨西哥人割断过去的历史,取消自己的根,"只能回到了乌有",一个没有了历史、没有了根的民族是可悲的,没有"母亲"的孩子是孤独的。

《孤独的迷宫》

---

① 奥克塔维奥·帕斯:《太阳石》,朱景冬等译,广西:漓江出版社,1992年。

诗人目光敏锐,思想深邃,不仅无情地剖析了墨西哥人的性格,也善于向其他民族学习,汲取他人的精华:他在日本文学中发现了俳句,以俳句的形式创作了《一首进行曲的种子》(Semillas para un himno, 1954);在印度任职时用东方的佛教思想写下了《白色》(Blanco, 1967)和《东山坡》(Ladera este, 1969)。1944年诗人获得了古根海姆奖学金,结识了现代派诗人艾略特、庞德、威廉斯和斯蒂文斯,强烈地感受到了现代派文学的气息,把西方的超现实主义、现代主义各种流派和东方的哲学思想糅杂在一起,形成了诗人独特的创作风格。因此,帕斯不仅是位诗人,也是位深谙东西方哲学的哲人,他的诗《太阳石》、散文《孤独的迷宫》都蕴涵着深刻的哲理,他的诗论《弓与琴》(El arco y la lira, 1956)对诗歌的现象、本质、语言、形象、节奏进行了全面的论述,不乏哲理性的思考。由于诗人在诗歌创作中的杰出成就,获得了1981年度西班牙的塞万提斯文学奖和1990年度的诺贝尔文学奖。

埃尔塔兴的尼切斯金字塔(墨西哥)

第九章

现实主义文学

(20世纪初—)

纵观19世纪末至当代的拉美文学，不难发现，无论老一辈的作家还是新的作家群体，他们大多以现实主义作为自己的创作道路，现实主义几乎贯穿了现当代的拉美文学。因此，拉美文学的繁荣，实质上也是现实主义在拉美创造性的发展，尽管当今的拉美现实主义已经不同于巴尔扎克、托尔斯泰的欧洲现实主义，也不同于他们自己早期的现实主义。

拉美的现实主义是与拉美政治和社会的演变并驾齐驱的。西班牙在拉美长期统治，它的影响波及拉美社会生活的各个角落，思维方式、道德标准、社会结构都以宗主国西班牙为蓝本，文学艺术也毫不例外地纳入了西班牙的轨道。19世纪初，拉美各国纷纷独立，随后建立的都是独裁政权。文学的解放远落后于政治的独立，拉美文学依然受制于西班牙文学，严重阻碍了它的发展。浪漫主义作为一种外来的形式，适合了拉美人民斗争的需要，突破了西班牙文学的规范，又落入了法国文学的窠臼。

到20世纪六七十年代，拉美文学摆脱了西班牙文学和法国文学的羁绊，走上了民族化的道路，不再在他们的作品中留下欧美作家的影子了。他们以自己的思维方式去观察世界，认识世界，凭着各自不同的准则，对拉美现实的不同理解，使现实主义摆脱单一的模式，走向形式的多样化，使现实主义在拉美的土地上获得新的生命。

第九章 现实主义文学

一、高乔诗歌与高乔小说

高乔人是指 17、18 世纪活跃在拉普拉塔地区的印欧混血人种，分布在格兰查科的南部、乌拉查草原和阿根廷潘帕斯草原，他们以狩猎和贩卖草原上野生的牛、马为生，居无定所，漂泊不定。高乔人勇猛强悍，骑术高超。18 世纪末随着大庄园和大牧场的建立，他们改变了自由自在的生活，被迫依附于大庄园和大牧场，成为雇工或牧工。19 世纪上半叶，他们在阿根廷和乌拉圭的独立战争中起了积极的作用。在高乔人的生活中，有一种名叫巴雅多尔的行吟诗人，他们以吉他作为伴奏跳舞吟唱，诗的内容大多是潘帕斯草原的生活和习俗，20 世纪初形成了阿根廷的高乔文学。高乔文学以 3 部史诗和一部小说而著名：伊拉里奥·阿斯卡苏比（Hilario Ascasubi，1807—1875）的《桑托斯·维加》（*Santos Vega*，1872）、埃斯塔尼斯拉奥·德尔·坎波（Estanislao del campo，1834—1880）的《浮士德》（*Fausto*，1866）、何塞·埃尔南德斯的《马丁·菲耶罗》和里卡多·吉拉尔德斯的《堂塞贡多·松布拉》。高乔诗歌和高乔小说是在浪漫主义氛围中产生的，有着该时代的烙印，但它们的内容又不完全是浪漫主义的，故把它们划入现实主义的行列。

何塞·埃尔南德斯

阿根廷农舍

1. **何塞·埃尔南德斯**（José Hernández, 1834—1886）阿根廷作家，出生于阿根廷布宜诺斯艾利斯省的庄园主家庭。14岁时因病在庄园中疗养，对高乔人的生活、风俗和思想十分熟悉。19岁参加反对罗萨斯的乌尔基萨率领的军队，攻打布宜诺斯艾利斯省，还参加了反对米特雷总统的塞佩塔战役（1859），迫使布宜诺斯艾利斯省加入联邦，使阿根廷得以统一；在参与帕冯战役（1861）中打败了米特雷总统。1868年作家萨米恩托担任总统后实施改革，向潘帕斯草原移民，埃尔南德斯在他1869年创办的《拉普拉塔河报》、《银河》和《阿根廷人》上撰文反对政府的移民政策，并于1870年秘密参加并组织了恩特雷里奥斯省推翻萨米恩托的暴动，失败后流亡巴西，1872年大赦回国，1879年当选为国会众议员，后又任参议员。在他的创作生涯中，1863年发表了描写高乔人、军阀佩尼亚洛萨的《查乔一生》（*La vida del Chacho*），1881年以诗人乡间生活写就了《对庄园主的劝诫》（*La instrucción del estanciero*），但让他立足于拉美文学史的则是《马丁·菲耶罗》（*Martín Fierro*, 1872）。

第九章　现实主义文学　115

《马丁·菲耶罗》全书分上下两部：《高乔人马丁·菲耶罗》和《马丁·菲耶罗归来》；全诗46章，7210行，第一部为13章，2316行，它的续集为33章4894行。主要描写高乔人马丁·菲耶罗的不幸遭遇。马丁·菲耶罗与妻儿过着平静的生活，突然被抓去戍边，与印第安人作战。在军营里备受欺压，不得不开小差，逃回自己的村子，但家中已人去楼空，不见妻儿的踪影，只得四处流浪。在流浪中，曾两次与人发生冲突，杀死一名黑人和一名高乔人。从此被警察通缉。一天夜里，被警察发现，在与警察格斗时，警长克鲁斯同情马丁·菲耶罗的不幸和佩服他的勇气，站在马丁·菲耶罗一边，打败了警察。他们惺惺相惜，决心穿过沙漠，进入印第安人的地区，寻找栖身之地。他们来到一个印第安部落，但被当

《马丁·菲耶罗》

作白人奸细抓了起来，幸得一位酋长救了他们。后来克鲁斯患了天花死去，只剩下马丁·菲耶罗一人留在印第安部落。一天，正当马丁·菲耶罗在克鲁斯的墓前缅怀好友时，只见一个印第安人虐待一个被抓来的白人妇女，他杀死了那个印第安人，和那个白人妇女一起逃回了基督教的"文明"社会，在那儿找到了两个失散的儿子。大儿子给人打工，蒙冤入狱，被发配边关充军；次子幸好被一老人收养、监护。此时，他遇见了一个名叫卡尔蒂亚的小伙子，在他的琴声伴奏下，发现这个小伙子原来是好友克鲁斯的儿子。在他们即将离开时，又来了一个黑人小伙子，他是一名歌手，要与马丁·菲耶罗对歌，这个黑人小伙子原来是在一次斗殴中被他杀死的黑人的弟弟，他要用对歌的形式为他的哥哥报仇。最后马丁·菲耶罗用他的人生经验告诫他的两个儿子和卡尔蒂亚，然后4人分手，各奔前程，自谋生路。

《马丁·菲耶罗》描述的潘帕斯草原,历来被指责为蛮荒之地,生活在这块土地上的牛马是野生的,活动在这块土地上的人是野蛮的,作家萨米恩托总统塑造的法昆多就是潘帕斯草原滋生的军阀。马丁·菲耶罗作为高乔人、一介百姓在这广漠的草原上生存本来就异常困难,还要受官府的迫害,被抓去围剿印第安人。印第安人被视为草原上的野蛮部落,他们一直被文明人追杀。从哥伦布发现新大陆的四个多世纪里,印第安人几乎被赶尽杀绝,残剩的印第安人已为数不多。活跃在拉普拉塔河周边地区的印第安人从未屈服过,公然与殖民者对抗,在《马丁·菲耶罗》中就有印第安人掳走白人妇女的情节,这样的情节同样出现在阿根廷诗人埃切维利亚的长诗《女俘》中。高乔人和印第安人一样生活在法律之外,恶劣的环境、生活的贫困迫使他们铤而走险,与官府势不两立。他们的生活习性、狩猎的生活方式不受社会的规约、法律的制约。因此,他们天马行空,恣意妄为,产生了像法昆多这样的军阀。而普通的高乔人,他们的生活更加贫困、潦倒,马丁·菲耶罗便是他们其中的一员,他们在艰难的人生中寻找生存的出路。出路在哪里?作家没有作出回答。

高乔人营地

2. **里卡多·吉拉尔德斯**（Ricardo Güeraldes, 1886—1927）阿根廷作家，出生于布宜诺斯艾利斯省的庄园主家庭。幼时随家去巴黎，10岁回国，曾在大学中学习法律和建筑，后弃学，居住在大庄园中。1910年再次赴欧，与法国先锋派作家接触，他的第一部诗歌散文集《玻璃铃铛》（*El cencerro de cristal*, 1915）深受先锋派的影响，受到传统诗派的批评，却得到现代主义诗人卢贡内斯的赞赏；他的短篇小说集《死亡和流血的故事》（*Cuentos de muerte y de sangre*, 1915）写的是生活中耳闻目睹的轶事，文笔简洁明快，但不为人们接受；小说《拉乌乔》（*Raucho*, 1917）和《萨伊马卡》（*Xaimaca*, 1923）都是带有自传性的小说，前者记录了作家在中学时代和巴黎的生活，后者是作家在古巴和牙买加途中的见闻，表现了作家在叙事和抒情方面的功力，在语言表达上也颇有新意。1926年在作家和博尔赫斯共同创办的《船头》杂志上发表了他的名作《堂塞贡多·松布拉》（*Don Segundo Sombra*, 1927），这部小说奠定了他在文学史上的地位。次年去世后出版了《故事六篇》（*Seis relatos*, 1929）、《神秘的诗》（*Poemas místicas*, 1928）、《孤独者的诗》（*Poemas solitarios*, 1928）、《小径》（*El sendero*, 1932）等。

里卡多·吉拉尔德斯

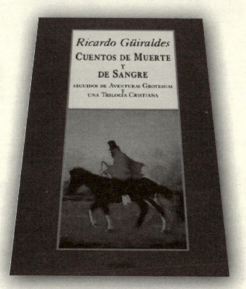

《死亡和流血的故事》

埃尔南德斯花了6年的时间完成了《堂塞贡多·松布拉》的创作,小说的主人公法维奥·卡萨雷斯是个14岁的孩子,寄养在布宜诺斯艾利斯省一个小镇上的姑妈家,但他非常想念故乡牧场上度过的童年时光。作者用第一人称自叙的方式,描述了法维奥的一生,给人一种真实可信的感觉。随着小说情节的发展,当"我"与堂塞贡多·松布拉的命运联系在一起时,"我"则变成了"我们",更让人感到亲切。

全书分为3个部分,共27章,第一部分叙述了法维奥从姑妈家出走,在街头上流浪,偶遇堂塞贡多·松布拉,被其粗犷豪放的精神气质所吸引,决心尾随他闯荡潘帕斯草原,被堂塞贡多·松布拉收养为义子。经过数年繁重的劳动、惊险的驯马、风餐露宿的生活,法维奥成为一个真正的高乔人。故事情节发展到第二部分突然中断,作家用了大量的笔墨描绘草原生活的各个侧面:民间舞会、男女集会、斗牛赶马、酗酒斗殴、赛马、斗鸡、赌博等草原上的习俗,初看起来,似乎游离主题,

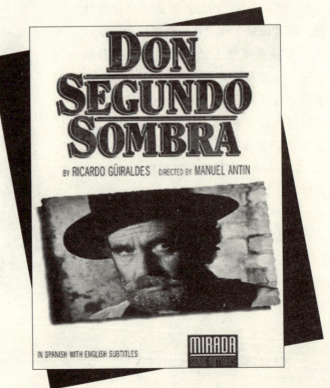

《堂塞贡多·松布拉》

第九章 现实主义文学

布宜诺斯艾利斯牧场里的高乔人

实际上是作家描述5年后法维奥成为一个真正的高乔人所生活的环境和草原对他性格形成的影响。全书的最后一部分讲述了法维奥得到了父亲不幸去世的消息后回家继承遗产,此时的法维奥有着牧民坚忍的性格、在草原上生存的本领。他当了牧场主后,在他的朋友拉乌乔的影响下,开始对书本发生了兴趣,成为草原上有文化有教养的新一代。生性自由的堂塞贡多·松布拉看到义子已长大成人,他也不习惯这种安逸的生活,悄悄离法维奥而去,走向茫茫的大草原,重新过那种无拘无束、浪迹天涯的生活。

作者塑造的高乔人堂塞贡多·松布拉形象已不同于往昔的马丁·菲耶罗了,在他孤寂、冷漠无情的硬汉身上,带有柔情的情怀,他们在野蛮的潘帕斯草原上去拼、去搏,才能获得生存的权利,但他们又有人性闪光的一面,如塞贡多·松布拉把法维奥抚养成人,表现了高乔人性格的变化。虽然他们依然流浪、漂泊,但时代毕竟发生了变化,社会环境、科技进步将对最后的高乔人产生影响。堂塞贡多·松布拉最后还是回归了草原,但在草原上流浪、漂泊的时日已为时不多,最终将被法维奥这样的新兴牧民所取代。然而,堂塞贡多·松布拉热爱家乡、强烈的民族意识的形象为拉丁美洲精神和文化独立树立了榜样。

二、墨西哥革命小说

墨西哥革命，即墨西哥1910年反帝反封建的资产阶级民主革命。独裁者波菲里奥·迪亚斯实行了三十多年的专制统治，民众怨声载道，社会矛盾日益尖锐。1910年波菲里奥·迪亚斯再次"当选总统"，反对迪亚斯的资产阶级自由派领袖马德罗于11月号召全国举行武装起义。马德罗在墨西哥北部起事，萨帕特领导的农民起义在南方攻城略地。在南北夹攻的形势下，迪亚斯被迫辞职。在次年10月的总统选举中马德罗上台，但并未实施他的诺言，拖延土地改革，引起人民的不满。萨帕特也不承认马德罗总统和革命领袖的地位，提出了革命的土地纲领。从此，墨西哥陷入了混乱、多变、复杂的局面，各种人物粉墨登场：在美国支持下的叛乱者维多利亚诺·韦尔塔、资产阶级自由派卡兰萨、创建墨西哥西北军的首领阿尔瓦罗·奥夫雷贡、墨西哥北部农民起义领袖比利亚、临时总统古铁雷斯和干涉墨西哥内政的美国。1920年奥夫雷贡当选总统，颁布了新宪法，这部新宪法反映了人民的反帝反封建的要求。这场革命在墨西哥历史上关系重大，一些作家也涉足到革命洪流中，写出了反映这一时期的小说，马里亚诺·阿苏埃拉和阿古斯丁·亚涅斯是最具代表性的作家。

墨西哥画家奥戈尔曼：《独立》

第九章 现实主义文学

马里亚诺·阿苏埃拉

1. **马里亚诺·阿苏埃拉**（Mariano Azuela, 1873—1952）墨西哥作家，生于哈里斯科州拉戈斯德莫雷诺。在瓜达拉哈拉大学学医，参加反对波菲里奥·迪亚斯专制统治的学生运动。1899年毕业后在家乡行医。作家酷爱文学，在青少年时代就开始文学创作，30岁（1903）时发表了第一部短篇小说《来自我的土地》，获得了该地区的文学奖，之后陆续出版了《马丽亚·路易莎》（María Luisa, 1907）、《失败的人们》（Los fracasados, 1908）、《毒草》（Mala yerba, 1909）、《没有爱情》（Sin amor, 1907），以《失败的人们》跻身墨西哥文坛。1910年墨西哥革命爆发后参加了马德罗的部队，迪亚斯政权被推翻后出任他家乡地区的镇长，1914年任哈利斯科州教育局长。次年加入弗朗西斯科·比利亚的起义军，任军医。同年比利亚被卡兰萨的军队打败后逃亡美国，1916年定居墨西哥城，创作了他的代表作《在底层的人们》（Los de abajo, 1916），这部小说被认为是拉美最优秀的小说之一。在阿苏埃拉的创作道路上，曾使用了欧洲先锋派的一些创作技巧，创作了《苍蝇》（Las moscas, 1918）、《萤火虫》（La lucienaga, 1932）、《新资产阶级》（Nueva burguesía, 1941）等多部小说。1949年阿苏埃拉获得了全国文学奖。1952年在墨西哥城去世。

《新资产阶级》

《在底层的人们》共分3个部分42章,叙述了一支农民起义军从发展、壮大到失败的过程,塑造了起义的农民形象。小说主人公德梅特利奥是个朴实的农民,有自己的房子、奶牛和一块可以耕种的土地。这样一个安分守己的农民却被诬告为马德罗分子,被逼无奈,拉起了一支25人的队伍,与反动当局对抗。这个造反的农民率领的队伍越来越庞大,追随他的人越来越多。但在复杂的斗争中不知向何处去,后来加入了农民起义军的队伍,晋升为将军,然而对前途依然迷茫。

他在家乡拉起队伍,经过两年时间的南征北战,最后又回到家乡,从出发点出发,转了一圈,又回到了原地,战死在他的家乡。似乎已发生过的一切不再存在,又恢复了原状,拉美人的宿命论在德梅特利奥的身上表现了出来。

《在底层的人们》

德梅特利奥造反是因为受到地方官吏、警察的欺压和庄园主的诬陷,就其本人而言并无革命的要求。他可以舒适地过着小康的日子,不用为生活奔波、犯愁。一支农民起义队伍,在这样的人领导下,且不说没有革命理论的指导,他们自身的不良行为也足以构成对他们前途的威胁。德梅特利奥打了几次胜仗就沉湎于酒色之中,他的部下,抱着各种目的加入起义军的形形色色的人,更是肆无忌惮地蹂躏百姓。正如小说所指出的"没有理想的人民是暴君的人民",打倒了一个杀人魔王,却树立了成百甚至成千上万个同样凶恶的魔王。一支受人欢迎的起义队伍,变成了失去人民支持的乌合之众。不受人民欢迎的农民起义军必定走向失败。

作者歌颂了起义农民的勇敢精神,揭露了他们致命的弱点:目光短浅、纪律涣散、革命的盲目性,作者记录了农民起义整个过程中耳闻目睹的事物和人物,经过艺术加工,创作了这部优秀的小说。

第九章　现实主义文学　123

阿古斯丁·亚涅斯

《洪水到来之际》

2. **阿古斯丁·亚涅斯**（Agustín Yáñez，1904—1980）墨西哥作家，生于瓜达拉哈拉。1929年在瓜达拉哈拉大学获得法学硕士学位，1951年取得墨西哥国立自治大学哲学和文学博士学位，次年为墨西哥语言研究院院士、墨西哥文学院院士。曾当过教师、《州之旗》的主编，后弃文从政，出任哈利斯科州州长、教育局长。亚涅斯出版过多部小说，以长篇小说《洪水到来之际》（*Al filo de agua*，1947）蜚声文坛。小说以墨西哥边远的小镇为背景，描写资产阶级革命前夕年轻男女对生活、理想的不同态度。在这个与世隔绝、迷信愚昧的小镇上，在教会、政权的双重压迫下，在革命的洪流滚滚而来时，显示了他们各自的本质，作出他们人生的抉择。小镇镇长堂迪奥尼西奥有两个侄女：马丽亚和马尔塔，马丽亚是个虔诚的教徒，心情温和；她的妹妹马尔塔，不受礼教的束缚，我行我素，阅读了大量的禁书，最后投身革命。

地主的儿子达米安·利蒙年轻时离家出走，饱经风霜，在革命洪流来到之际，加入了革命的行列。小镇上有一位才气十足、性格叛逆的年轻人路易斯·贡加萨·佩雷斯，从不把社会规约放在眼里，在封建礼教的主宰下敢于与女性交往，他的这种正常行为被视为大逆不道，被送进了精神病院。迈克尔·罗德里克是个纨绔子弟，生活上无所顾忌，放荡，广交朋友，最后死在情人的剑下。革命打破了小镇死水一潭的沉寂，唤醒了一些年轻男女的理智，投入到革命的洪流中去；还有些人依然故我，像罗德里克那样过着放荡不羁的生活。但革命的洪流是阻挡不住的，冲击着原有的生活理念和行为方式，使死气沉沉的小镇发生了变化，这种变化预示着人们的希望。这部小说运用了独白、自述、对话、议论的方式，将时间、空间交叉，改变了传统的表达方式。这部小说为墨西哥革命小说写上了句号，为墨西哥文学打开了通往新小说的路。

三、大地小说或地域主义小说

大地小说，即地域主义小说。自然界，在小说中扮演重要的角色。自然界造就了人物性格的野蛮，也像魔鬼似的吞噬了人。因此，大地小说表现了两种现实，一种是人的现实：高乔人、平原人、山地人；另一种是自然的现实：草原、平原、森林、河流、大山。同时揭示了人和自然关系背后隐藏着深刻的社会矛盾。这种矛盾表现为野蛮和文明的冲突，人们往往把自然界视为野蛮，生活在草原、平原、森林、河流、大山中的人也是野蛮的，而把城市和生活在城市里的人看作是文明的，但人们往往看不到造成野蛮的实质所在。在地球上任何地方都存在险山恶水的自然环境，这并不是产生野蛮的根源；人性的恶也非与生俱来，它是社会环境所使然。因此，野蛮的生存原因在于社会制度。奴隶

萨帕塔率领的农民军进入首都墨西哥城

第九章 现实主义文学

制度、封建主义和资本主义,在一定的历史阶段给人类带来了文明,也给人类制造了野蛮。且不说奴隶制度,封建主义的宗教裁判所、资本主义滥杀印第安人和贩卖黑奴都是骇人听闻的野蛮行为。只有从本质上来批判野蛮,才能解释形成野蛮的这一社会现象。最能体现大地小说精髓的是乌拉圭作家奥拉西奥·基罗加、哥伦比亚作家何塞·欧斯塔西奥·里韦拉、委内瑞拉作家罗慕洛·加列戈斯。

1. 奥拉西奥·基罗加(Horacio Quiroga,1878—1937)乌拉圭作家,生于乌拉圭的萨尔托,但长期生活在阿根廷。基罗加一生坎坷,其父因猎枪走火,不幸身亡;继父半身不遂,说话困难,因不堪疾病的折磨而自杀;他本人如同其父,在朋友聚会时摆弄手枪,不慎走火,打死他的好友,被警察逮捕。基罗加自幼爱好文学,在大学读书期间组织文学团体"加伊·萨贝",开展对超现实主义的研究。1901年他的第一部诗集《珊瑚礁》(*Los arrecifes*)在乌拉圭的蒙得维的亚出版。次年前往阿根廷的布宜诺斯艾利斯,在一所英

奥拉西奥·基罗加

浑身抹黑的科拉印第安人在庆祝复活节

国学校任教。此时，认识了阿根廷著名诗人卢贡内斯，并随同卢贡内斯率领的小分队考察阿根廷北部的圣伊格纳西奥遗迹，担任考察队的摄影师，这次考察对基罗加人生抉择产生了重大的影响。他领略了原始莽林的魅力、大自然的神秘和查科地区的荒芜，决定在此安营扎寨，建房盖屋，办起了棉花种植园。后来，棉花种植园经营失败，回到首都，在布宜诺斯艾利斯师范学校任教。基罗加与他的学生安娜结婚，他们一起第二次进入大森林，在200公顷的土地上种植了巴拉圭茶树。由于安娜经受不了林莽的生活，与基罗加发生龃龉，最终服毒身亡。之后基罗加与他女儿的好友马丽亚结为夫妻。由于马丽亚不习惯大森林的潮湿，长期寓居布宜诺斯艾利斯。1937年2月19日作家因患癌症而服氰化钾自杀，他的遗体被安葬在他的故乡乌拉圭的萨尔托。

  基罗加长年累月生活在原始森林里，神秘而严峻的大自然为他提供了丰富的创作素材，写下了长短篇小说190多部，他的短篇小说尤其精彩，收集在他的短篇小说集中，如《爱情、疯狂与死亡的故事》（*Cuentos de amor, de locura y de muerte*, 1917)、《莽林的故事》（*Cuentos de la selva*, 1918)，还有长篇小说《阿纳孔达》（*Anaconda*, 1921)，以及《野蛮人》（*El salvaje*, 1919)、《荒漠》（*El desierto*, 1924) 和《被放逐的人们》（*Los desterrados*, 1926)。在基罗加的小说中占重要地位的是那些动物故事，在他的笔下森林中的百兽变

《莽林的故事》

《爱情、疯狂与死亡的故事》

成了像人一样具有思想感情、内心世界丰富的生灵。所以，他的动物故事表现了人兽的和睦相处、和平、理解、友爱、忠诚。《莽林的故事》的首篇《巨龟》讲述了一个病危的人听从医生的劝告到高山上生活，治疗他的疾病。一天，他看见一只老虎伸出爪子要吃巨龟的肉，他开枪击碎了老虎的脑袋，把巨龟从老虎的爪子中救了出来，但巨龟已身受重伤，脑袋快要与脖子分家了。他撕下衬衣，把巨龟脑袋包扎好，无微不至地看守着，巨龟终于治愈了。可是他却病倒了，发着高烧，巨龟日夜地看守着他，还为他寻找水和食物，但他的病情不见好转，于是巨龟用青藤把他捆在龟壳上，驮着他去布宜诺斯艾利斯。几天过去了，几个星期过去了，巨龟继续爬着，它已筋疲力尽，奄奄一息。终于到达了目的地，人得救了。

　　基罗加的小说结构洗练、简洁、朴实无华，寥寥数笔便刻画出逼真生动的人物形象。他的一些小说构思新颖、奇特，富有魔幻色彩。短篇小说《羽毛枕》（*El almohadón ds plumas*, 1907）便是一篇荒诞、恐怖的故事。小说中的男女新婚不久，妻子阿莉西亚因贫血而亡，致使她贫血的则是羽毛枕心中的一只小虫，这只小虫原寄生在家禽身上，在羽毛枕心中则以吮吸阿莉西亚的鲜血为生，不仅吸干了她的鲜血，而且它自己变成了一只巨大的虫，令人毛骨悚然。贫血致人而亡，这是常理，但小虫把人血汲干后变成了大虫，这就不可思议了，魔幻就在似与不似之间，有的评论家认为魔幻现实主义是经基罗加的"荒诞无稽"演变过来的，此语道出了他的小说对拉美文学有多么的重要。

伊瓜苏大瀑布(阿根廷)

何塞·欧斯塔西奥·里韦拉

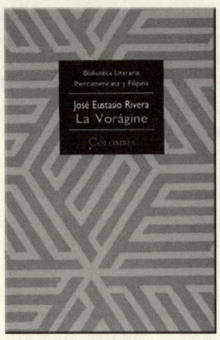
《漩涡》

2. **何塞·欧斯塔西奥·里韦拉**（José Eustacio Rivera，1889—1928）哥伦比亚作家，生于哥伦比亚的涅瓦。小时在父亲的庄园中生活，在哥伦比亚国立大学获得法律硕士学位，毕业后任教于首都波哥大高等师范学校，不久任托马斯大学督导主任。后弃文从政，出使墨西哥、秘鲁，长期任哥伦比亚国会议员。1922—1923年以"哥伦比亚—委内瑞拉边界委员会"成员的身份，调查两国边界争端，勘测两国的边界，足迹遍及奥里诺科河和亚马逊河广大地区的原始森林。他的小说《漩涡》（*La Vorágine*，1924）就是在这些地区原始森林生活的基础上创作的。1925年再次受政府委托调查马格达莱纳河地区石油工人的情况，3年后以政府的名义参加在古巴举行的国际移民问题大会，随后访问美国，突发脑溢血，病逝于纽约。

《漩涡》以私奔的男女和老工人寻子为主线，描述他们在热带丛林中的种种遭遇，揭露了隐匿在热带丛林里的种种暴行。全书分为3部分，第一部分描写青年诗人阿尔多罗·高瓦和一位姑娘阿丽西亚的私奔，他们进入了荒漠的卡桑那雷草原。由于高瓦并非真心地爱着阿丽西亚，这引起了阿丽西亚的不满，两人时有龃龉。他们在草原上借住在高瓦的好友法朗哥的庄园里，法朗哥的妻子格里塞尔达向高瓦调情，遭到高瓦的斥责。这时，高瓦才开始理解阿丽西亚，并对她产生了真正的爱情。人贩子巴雷拉专门拐骗草原上的牧民，为老板在林莽里的营生提供劳动力。一天，他来到法朗哥的庄园，骗取了格里塞尔达和阿丽西亚的好感，在高瓦和法朗哥不在庄园之际，拐走了她们。法朗哥烧了庄园，和高瓦一起追寻格里塞尔达和阿丽西亚。第二部分叙述了高瓦一行人在热带丛林里的遭遇。他们深入林莽后巧遇寻找儿子的老橡胶工人克莱门德·西尔瓦。在西尔瓦的带领下，他们与橡胶工人和印第安人有了广泛的接触，亲眼目睹了他们非人的生活。第三部分描述了他们在林莽里的辗转跋涉。高瓦把看到的一切写成控告信，由西尔瓦设法递交给哥伦比亚领事。同时，他们巧施计谋杀死了橡胶园的老板，高瓦还亲手杀了巴雷拉，救出了阿丽西亚和格里塞尔达。西尔瓦把信交给了哥伦比亚领事后又返回丛林，白白地寻找了他们5个月，连一点踪迹也没有发现，高瓦一行人被林莽吞没了。

　　这部小说在对原始丛林残酷、野蛮描写的同时，揭露了资本家为开发橡胶资源，攫取财富，把原始森林变成了绿色的地狱，驱使和拐骗大量的工人和印第安人进入这绿色的地狱，成为采集橡胶的奴隶。那些工人和印第安人在资本家和自然力的双重摧残下受尽折磨、凌辱，作家对此做了大量的描述。这部小说使作家饮誉拉美文坛。作家还是一位诗人，创作过描绘哥伦比亚自然美景的168首十四行诗，部分诗作收入诗集《希望之乡》，还有一部歌颂哥伦比亚独立战争中的英雄安东尼奥·里卡乌尔德的《圣马特奥颂歌》。

罗慕洛·加列戈斯

《堂娜·芭芭拉》

3. **罗慕洛·加列戈斯**（Romulo Gallegos，1884—1969）委内瑞拉作家，生于首都加拉加斯。在中央大学攻读法律，因弟妹众多，家庭经济困难，两年后退学，担负起养家糊口的重任，曾当过教师和铁路职工。工作之余，与友人创办杂志《黎明》，由于发表针砭时弊的文章被当局查禁。从此，埋头小说创作，写出第一部小说《冒险家们》（Los aventureros，1913），12年后出版了《爬藤》（La trepadora，1925）。为了撰写他的第三部小说，作家做了一次旅行，熟悉小说中主人公的环境和习俗，回到加拉加斯后写出了《女上校》，但在印刷厂将要印刷时，作家对该书还不满意，停止了出版。1928年作家陪妻子堂娜·费奥蒂斯塔去意大利治病，在这期间，作家三易其稿，最后把这部书稿定名为《堂娜·芭芭拉》（Doña Bárbara，1929），并于次年在巴塞罗那出版。

《堂娜·芭芭拉》塑造了一个在苦难中成长、性格被扭曲的女性形象。堂娜·芭芭拉是西班牙父亲和印第安母亲所生的混血儿，她从小与母亲生活在一条走私船上，随着年龄的增长出落成漂亮的姑娘。她爱上了一个流浪汉阿斯特鲁瓦尔。船长为了把她卖给靠橡胶发了财的麻风病人，借故杀了阿斯特鲁瓦尔，但他也被一群哗变的水手杀死，堂娜·芭芭拉却遭到水手的蹂躏。从此，她对男人恨之入骨，誓要对男人进行报复。她的第一个牺牲品是对生活产生了厌倦、回到自己庄园的大学生洛伦索，她利用她的姿色引诱他，侵吞他的财产，然后把他一脚踢开，但她和洛伦索生了一个女儿马丽塞拉。之后，洛伦索与马丽塞拉相依为命，过着穷困潦倒的日子。洛伦索酗酒，浑浑噩噩，萎靡不振，成了一息尚存的幽灵。马丽塞拉则在荒漠的草原上长大，野性十足，披头散发，粗野肮脏，衣不蔽体，但在受过高等教育、年轻的庄园主卢塞尔多的调教下，渐渐地摆脱了草原上的野性，变成了一个待人温文尔雅的姑娘。堂娜·芭芭拉施展各种手段，包括她惯用的姿色来征服卢塞尔多，但卢塞尔多不为所动，甚至控告她侵占他人的土地。最后，卢塞尔多决定娶马丽塞拉为妻，在他们举行婚礼的前夕，堂娜·芭芭拉悄悄地来到卢塞尔多的庄园，把手枪对准了与卢塞尔多在一起的马丽塞拉，在她将要扣动扳机的一刹那，仿佛听到了初恋情人阿斯特鲁瓦尔的说话声，看见了自己女儿可爱的脸庞，这种突然袭来的痛苦软化了她的心，她遣散了庄园的雇工，把财产遗留给她不承认的女儿马丽塞拉，在一望无垠的大草原上消失了。

　　这部小说依然表现了大地小说惯用的主题：野蛮与文明，不过，小说中野蛮与文明显得更为直接、更为突出，堂娜·芭芭拉便是野蛮的代表，卢塞尔多则是文明的化身，他们的出身、社会地位、所受的教育就规定了他们的属性。这种野蛮与文明的冲突反映了20世纪20年代委内瑞拉要求改革的进步势力与顽固落后的保守势力的矛盾和斗争。作家通过堂娜·芭芭拉和卢塞尔多这两个人物的塑造，形象地描述了委内瑞拉独立后大庄园主相互间的倾轧、兼并，表达了广大牧民要求改变黑暗现实的强烈愿望和对未来的憧憬。

　　作家在《堂娜·芭芭拉》出版后步入了他的政治生涯。1930年委内瑞拉独裁者戈麦斯任命加列戈斯为阿布雷州参议员，但作家不屑与独裁者为伍，便乘船前往西班牙。他返回委内瑞拉后，戈麦斯仍要他在教育部任职。加列戈斯被迫于1931年流亡美国，次年移居西班牙。在流亡西班牙期间，出版了《坎塔克拉罗》（*Cantaclaro*，1934）和《卡纳伊马》（*Canaima*，1935）。1935年戈麦斯病死，次年作家回到祖国，被洛佩斯·孔特雷拉斯政府任命为教育部长，他的第六部小说《贫苦的黑人》（*El pobre negro*，1937）问世。1941年作家竞选总统

土著酋长

失败,却出版了两部小说《异乡人》(*El forastero*, 1942)和《在同一块土地上》(*En la misma tierra*, 1943)。1947年9月当选委内瑞拉历史上第一位文人总统,第二年便被军人政变所推翻,被迫流亡古巴,后移居墨西哥,在古巴创作了《风中草屑》(*La brisma de paja en el viento*, 1952)。1958年军政府垮台,作家回到加拉加斯,并在此病逝。为了纪念加列戈斯,委内瑞拉全国文化委员会于1967年设立了以罗慕洛·加列戈斯命名的拉美最高的文学奖项:罗慕洛·加列戈斯国际小说奖,奖励为拉美文学作出杰出贡献的作家。

四、土著主义与印第安主义小说

19世纪是拉美的独立世纪,拉美各国摆脱了西班牙的殖民统治纷纷独立,但印第安人的社会地位并无任何改变,依然处于金字塔的最底层,继续生活在国家与社会之外,听命于统治阶级的奴役。土著主义就是在这种背景下产生的,它以追忆昔日印第安人祖先的辉煌业绩为手段,以此来炫耀他们祖先的伟大,谴责西班牙殖民者给他们带来的灾难。土著主义者把目光投向过去,怀念过去,沉湎于过去,却脱离了当时的现实。因而土著主义小说揭露有余,开掘不深,缺乏内涵,往往流于肤浅。厄瓜多尔作家胡安·莱昂·梅拉的《库曼达》和玻利维亚作家阿韦尔·阿拉尔孔的《在亚瓦尔-瓦伊的宫廷里》最为典型,还有多米尼加作家曼努埃尔·德·赫苏斯·加尔万的《恩里基约》和古巴女诗人赫特鲁迪斯·德·阿韦利亚内达的《萨布》。

印第安主义不同于土著主义,它盛行于第一次世界大战之后,是民族主义在文学上的反映。印第安主义者认为,用对祖先的歌功颂德来贬损西班牙殖民者的创作手法并不能真正触及印第安人所面临的现

印第安人

实,只有深入到印第安人生活中,反映他们的贫困、痛苦、忧患和斗争,才能深刻地揭露独裁统治的罪恶。印第安主义不仅对独裁统治揭露和谴责,而且要争取印第安人应有的权利,为他们的生存而呐喊。这是印第安主义与土著主义的根本区别。

1. 胡安·莱昂·梅拉(Juan león Mera,1832—1894)厄瓜多尔作家,生于通古拉瓜省安巴托城。家庭贫寒,与母亲一起生活在农村,20岁时到首都基多学绘画。1860年加入保守党,活跃于政界。曾任通古拉瓜省长、莱昂省长,多次当选议员,出任参议院院长。创建厄瓜多尔语言研究院,任西班牙皇家语言研究院院士。梅拉的文学创作丰富多样,诗歌、小说、文学评论均有尝试,其诗《土著旋律》(1858)被选为国歌歌词。但使他成名的是长篇小说《库曼达》(*Cumandá*,1879)。

《库曼达》具有浪漫主义色彩,描述了1791年的一次印第安人起义。西班牙庄园主奥罗斯科的一些家庭成员,在印第安人的起义中被俘,恰巧奥罗斯科和他的儿子卡洛斯出门在外,免受罹难。18年后卡洛斯长大成人,邂逅印第安女子库曼达,两人从相识到相爱。不料行将就木的酋长要库曼达为其殉葬,此时卡洛斯被印第安人抓获。为了营救卡洛斯,库曼达答应了酋长的要求,自戕身亡。卡洛斯得知后痛不欲生,也郁郁而死。奥罗斯科获悉库曼达是18年前被印第安人掳走的女儿,万念俱焚,去了修道院。这部小说流露了印第安人对白人的不满和憎恨,他们的起义既是对殖民统治的反抗,也是印第安人维护他们的文化、传统的显示。奥罗斯科家族的悲剧正是种族矛盾酿成的恶果。

胡安·莱昂·梅拉

2. **克洛林达·马托·德·图尔内尔**（Clorinda Matto de Turner，1854—1909）秘鲁女作家，生于库斯科。家庭富有，从小在印第安人中生活，熟悉印第安人的生活和习俗。热衷于文学创作，结婚后依然写诗，尤其是仿效里卡多·帕尔马的《秘鲁传说》，写出了《库斯科传说》。除了文学创作，还致力于办杂志。1876年创办《库斯科消遣》杂志，接触了秘鲁和美洲的文化人士。1881年丈夫去世后移居阿雷基帕市，担任《钱袋》杂志总编和《秘鲁画报》社长。1889年发表《没有窝的鸟》（Aves sin nido），之后又创作了《品性》（Índole，1891）、《遗产》（Herencia，1895）和戏剧《伊马·苏马克》（Hima Súmac，1888）。

《没有窝的鸟》描写了一对相爱的男女青年，在他们结婚的前夕，偶然发现他们是兄妹，他们是西班牙传教士与一名印第安妇女所生。小说指出了造成青年男女悲剧的根源：政权、神权和封建主义，即官吏、教会和庄园主的残酷迫害，表达了对印第安人悲惨命运的同情。由于女作家的政治倾向性和对教会的亵渎，被教会逐出教门，于1895年被迫离开秘鲁，在阿根廷去世。她的小说真实地描绘了印第安人的生活和情感，表达了对印第安人命运的关切，开创了印第安主义小说的先河。

克洛林达·马托·德·图尔内尔

第九章 现实主义文学

3. 西罗·阿莱格里亚（Ciro Alegría, 1909—1967）秘鲁作家，出生于秘鲁北部瓦马丘科省萨尔蒂班巴村的一个庄园主家庭。自幼生活在印第安人中间，在特鲁希略读小学，在圣胡安国立学院和特鲁希略自由大学读书，曾是著名诗人巴列霍的学生。在校期间，参加美洲人民革命联盟，因从事政治活动两次被捕入狱。1934年流亡智利，先后侨居美国、波多黎各、古巴，1957年回国，故于首都利马。在流亡后的次年便开始文学创作，先后发表了《金蛇》（*La serpiente de oro*，1935）、《饿狗》（*Los perros hambrientos*，1938）和他的代表作《广漠的世界》（*El mundo es ancho y ajeno*，1941）。

西罗·阿莱格里亚

《广漠的世界》讲述了秘鲁北部的印第安部落鲁米公社的苦难。这个部落从印加帝国到国家独立世世代代在这块土地上辛勤地耕耘，过着简单、宁静的生活。但与他们为邻的白人庄园主阿尔瓦罗觊觎那块土地，因而制造事端，硬说鲁米公社移动了界标，和鲁米公社打官司。他买通了鲁米公社聘请的律师，使鲁米公社败诉，土地被他霸占。鲁米公社社长马基只得率领公社社员迁徙到环境恶劣的荒原。由于生活困苦，有些人到原始森林当了橡胶工人；有些人做摘古柯叶的雇工；还有些人到矿上做苦工。马基不服法院的判决，向高等法院上诉。阿尔瓦罗贿赂了省里的官员，马基不仅上告不成，反而被捕入狱，并死在狱中。马基的儿子贝内托·卡斯特罗在外闯荡多年，最后回到了故乡。卡斯特罗在一位律师的帮助下，终于在最高法院打赢了这场官司。鲁米公社在他的领导下，疏浚河道，扩大耕种面积，在这块土地上出现了一派繁荣的景象。然而，阿尔瓦罗不甘心他的失败，贿赂了法官，公社最后败诉，被强迫退出这块土地。为了保卫他们的土地，卡斯特罗和公社社员们进行武装反抗，最后倒在他们梦寐以求的土地上。

小说塑造了新老两代酋长的形象，他们前仆后继，展开了不屈不挠的英勇斗争，最终还是失去了他们的土地；揭示了世界虽然广漠，但印第安人却无立锥之地；抨击了白人庄园主的凶残和贪婪，反映了社会黑暗和印第安人所遭遇的苦难。

4. **何塞·马丽亚·阿尔格达斯**（José María Arguedas, 1911—1969）秘鲁作家，出生于安第斯山区的阿普里马克省安达韦拉斯镇的白人家庭。从小由克丘亚族养父抚养成人，在印第安人中生活了将近二十年，了解他们，熟悉他们，能讲一口流利的克丘亚语，直到在首都利马上学时才学会西班牙语。20岁时就读利马圣马科斯大学，攻读人种学，因参加政治活动被监禁一年。后历任民族学研究所所长（1951）、"文化之家"主任（1963）和国立历史博物馆馆长（1964）。1969年作家58岁时开枪自杀。作家的一生中创作了数量可观的小说，都是讲述印第安人的生活和他们的不幸遭遇。他创作的小说主要有：《水》（Agua, 1935）、《所有的血》（Todas Las Sangres, 1964）、《深沉的河流》（Los ríos profundos, 1958）、《山上的狐狸和山下的狐狸》（El zorro de arriba y el zorro de abajo, 1971），其中《深沉的河流》被公认为作家最杰出的小说。

《深沉的河流》是在作家回忆的基础上形象地写出了印第安人的内心世界和印第安文化对作家的影响，是一部带有自传性的小说。全书以一个14岁小男孩埃内斯托的眼睛，观察周围发生的事物，讲述自己的经历。埃内斯托从小与当印第安人律师的父亲浪迹天涯，与印第安人有着广泛的接触。雄伟的安第斯山脉、古印第安文明的遗址、印第安人的诗歌和神话都镌刻在他幼小的心灵里。后在一所学校里住读，与印第安人同学建立了深厚的友谊。在埃内斯托所在学校的小镇上，发生了一起民众抗议当局囤积食盐的事件。埃内斯托也以满腔的热情追随那些抗议的人们，但这次抗议示威被血腥地镇压了，这对他产生了深远的影响，决心为捍卫印第安人的权益而斗争。最后由于瘟疫流行，埃内斯托被迫离开了学校。

何塞·马丽亚·阿尔格达斯

《深沉的河流》展示了拉美大自然旖旎的景色，刻画了印第安人正直、淳朴、善良和勤劳的形象，描写了印第安人的悲惨生活，表现了对印第安人苦难的同情。作家的这种人道主义思想贯穿了他所有的小说。

5. **豪尔赫·伊卡萨**（Jorge Icaza, 1906—1978）厄瓜多尔作家，生于首都基多，但从小在农村长大，与印第安人有深入的接触，了解他们悲惨的遭遇和穷困的生活。曾在厄瓜多尔中央大学学医，后改学戏剧，肄业后在一个流动剧团当演员，在演出之余创作了《不速之客》（*El intruso*, 1929）、《老者》（*Por el viejo*, 1931）、《毫无意义》（*Sin sentido*, 1934）等讽刺戏剧。1934年发表了第一部小说《瓦西蓬戈》（*Huasipungo*），一举成名，被誉为美洲印第安文学3部奠基的小说之一（其他两部为《广漠的世界》和《青铜的种族》），确立了作家在拉美文学史上的地位。

豪尔赫·伊卡萨

《瓦西蓬戈》描写了白人殖民者与印第安人的矛盾和冲突。白人庄园主阿方索·贝雷依拉为获取暴利，不顾以安德烈斯·奇里金卡为首的印第安人的反对，将大批土地租给一家外国公司，用以修筑一条公路。印第安人失去了赖以生存的土地，纷纷起来反抗，与阿方索·贝雷依拉和外国资本家进行了殊死的搏斗，被残忍地镇压，全部被杀死。

小说抨击了社会的不公，印第安人没有土地所有权，他们只能向庄园主租用土地。庄园主阿方索·贝雷依拉为了把土地租给外国公司，将印第安人从土地上赶走，剥夺了他们生存的权利。这种土地制度通行于拉美各国，对印第安人的生存造成威胁。因此，《瓦西蓬戈》在拉美具有普遍意义。该小说显现了印第安文学的反抗主题，安德烈斯·奇里金卡和其他印第安人眼看着他们的土地将被夺走，在忍无可忍的情况下走上了反抗的道路，改变了土著主义文学中逆来顺受的印第安人形象。

阿尔西德斯·阿尔格达斯

6. **阿尔西德斯·阿尔格达斯**（Alcides Arguedas, 1879—1946）玻利维亚作家，生于首都拉巴斯。毕业于安德烈斯大学法律系，当过议员、自由党领袖，出任驻法国、英国、西班牙、哥伦比亚、委内瑞拉等国的外交使节，还当过农业部长。阿尔格达斯不仅是位政治家，也是位历史学家，出版了一系列的历史著作：《玻利维亚通史：文明与野蛮》、《病态的民族：为西班牙语美洲人民的心理学作贡献》。作家的文学创作始于1903年，他的第一部小说《毕萨瓜》（Pisagua）出版后陆续发表了《瓦塔·瓦拉》（Wuata Wuara, 1904）、《克里奥约人的生活》（Vida criollo, 1905）和名作《青铜的种族》（Raza de bronce, 1919）。

《青铜的种族》分为前后两部分，小说的前部分叙述了主人公阿希阿利和另外3个印第安人下山赶集、跋山涉水时遇到的险情：骡子险些在激流中淹死，一个印第安人在过河时被湍急的水流卷走；同时描述了安第斯山的旖旎景色。小说后半部分以阿希阿利和瓦塔·瓦利的爱情和白人庄园主潘托哈对印第安人的横征暴敛的两个线索同时展开。阿希阿利和瓦塔·瓦利相爱已久，准备成婚，但要神父主持婚礼必须支付50个比索。阿希阿利无钱支付这笔费用，一筹莫展。在乡亲们的帮助下有情人终成眷属。白人庄园主潘托哈一贯欺压凌辱印第安人，对瓦塔·瓦利的姿色垂涎已久。一天下午，潘托哈和他的仆人在山上打猎，偶遇在山坡上牧羊的瓦塔·瓦利，要她为他们带路，把她骗到一个山洞前，硬把她拖进洞里，企图对她侮辱，但遭到瓦塔·瓦利拼死的反抗。潘托哈无法得手，竟用石头将她砸死。阿希阿利得知瓦塔·瓦利被害，痛不欲生。乡亲们郁积已久的满腔怒火猛然爆发，杀死了潘托哈，烧毁了他的庄园。小说的可贵之处在于"青铜的种族"——印第安人没有在沉默中死去，他们在沉默中爆发了，在反抗中求得生存。

《青铜的种族》

五、魔幻现实主义小说

魔幻现实主义发生于20世纪30年代，当时受独裁者迫害的作家：危地马拉的阿斯图里亚斯、古巴的卡彭铁尔和委内瑞拉的乌斯拉尔·彼特里先后来到巴黎，他们与超现实主义反对资本主义制度、反对资本主义文化的主张、观点不谋而合，积极投入了超现实主义运动，但发现超现实主义无法表现拉美的神奇现实。他们从拉美现实的本身、印第安人的信仰和思维方式寻找素材，运用现代主义夸张、荒诞等种种手段，表现拉美人的现实，这种对现实的表达方式被人们称为魔幻现实主义。20世纪50年代墨西哥作家胡安·鲁尔福的《佩德罗·巴拉莫》的出版推动了魔幻现实主义的发展，60年代哥伦比亚作家加西亚·马尔克斯的《百年孤独》使魔幻现实主义到达巅峰，七八十年代出现的智利女作家伊莎贝尔·阿连德的《幽灵之家》使魔幻现实主义得以持续性的发展。

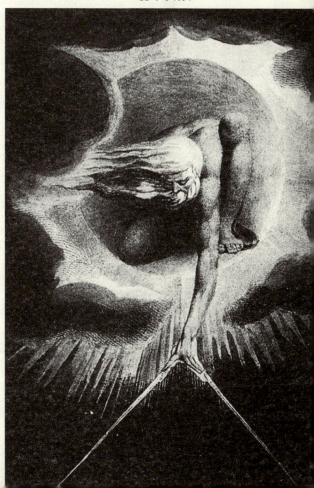

魔幻与现实

米格尔·安赫尔·阿斯图里亚斯

1. **米格尔·安赫尔·阿斯图里亚斯**（Miguel Angel Asturias，1899—1974） 危地马拉作家，生于危地马拉城。父亲是一位富有自由思想的律师，阿斯图里亚斯从小受到反独裁思想的影响。为躲避独裁者埃斯特拉特·卡布雷拉白色恐怖，全家迁往内地萨拉马，阿斯图里亚斯有机会接触印第安人，了解他们的疾苦和古老的印第安文化，在圣卡洛斯大学学习法律时，写的毕业论文就是《印第安人的社会问题》。1921年在墨西哥参加拉美学生代表大会。1923年因参加反独裁者的政治活动，受到当局的迫害，前往英国，后旅居巴黎。在法国期间，师从巴黎大学著名考古学家乔治·雷诺，将玛雅基切人的圣经《波波尔·乌》的法译本译成西班牙语，并开始文学创作，发表了小说集《危地马拉传说》（Leyendas de Guatemala，1930），这是一部魔幻现实主义雏形的小说。从此沿着这条创作道路继续探索，创作了他的代表作《总统先生》（El señor presidente，1946）、《玉米人》（Hombres de maíz，1949）、《强风》（Viento fuerte，1949）。1933年从法国回到危地马拉后积极从事政治活动，曾当选为众议员，创办危地马拉人民大学，先后出任驻墨西哥和阿根廷大使馆文化专员、驻萨尔瓦多大使。1954年阿本斯政府被军人颠覆，流亡阿根廷、法国。在流亡的10年中，继续进行文学创作，出版了《绿色教皇》（El Papa verde，1954）、《危地马拉的周末》（Weekend en Guatemala，1956）和《被埋葬者的眼睛》（Los ojos de los enterrados，1960）。1966年回国后被任命为驻法大使。同年获得苏联"加强国际和平"列宁国际奖金，次年荣膺诺贝尔文学奖。作家的其他作品有：《丽达·萨尔的镜子》（El espejo de Lida Sal，

《总统先生》

第九章 现实主义文学 141

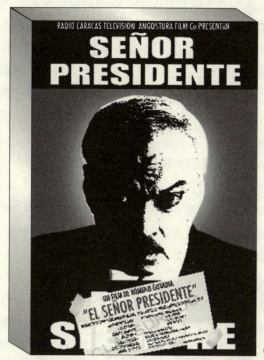

《总统先生》

1967)、《马拉德龙》（*Maladron*，1969）、《多洛雷斯的星期五》（*Viernes de Dolores*，1972）、《珠光宝气的人》（*El alhajadito*，1961）、《这样的混血女人》（*Mulata de tal*，1963）等。

《总统先生》是作家于1922年构思的小说，最初是一篇名为《政治乞丐》的短篇小说，后又改写了10年，于1932年脱稿，但由于当时的独裁统治和法西斯在全世界的猖獗，直至1946年才问世。《总统先生》以危地马拉独裁者卡布雷拉为原型，几易其稿，高度概括、提炼、综合了拉美诸国独裁者的形象，创作了一个栩栩如生的拉美独裁者的典型人物。《总统先生》描述了中美洲某国总统，外表上老态龙钟，满脸皱纹，面无血色，牙齿脱光，但骨子里刚愎自用，冷酷无情。上至将军、宠臣，下至乞丐、娼妓，生死予夺均操在他的手中。一个夜晚，一个精神失常的乞丐，在天主教堂门廊下，掐死了总统得力的鹰犬帕拉莱斯·松连特上校。总统利用这一事件，陷害他的两名政敌：卡纳雷斯将军和卡瓦哈尔硕士。卡瓦哈尔被捕处死；卡纳雷斯将军在军队中深孚众望,总统不敢对他贸然下手,指示其亲信安赫尔为将军通风报信,实为诱使将军出逃,以畏罪潜逃的罪名将其击毙。安赫尔在执行"帮助"将军出逃的使命时,结识了将军的女儿卡米拉,并爱上了她,后又与卡米拉结为夫妇。于是安赫尔假戏真做,让将军脱逃。安赫尔幻想摆脱总统的束缚,掌握自己的命运,但总统早已设下计谋,假意委派他为特使去美国,在他出境时把他逮捕,又在狱中将他活活地折磨而死。总统还暗施诡计,在报上登载卡米拉和安赫尔举行婚礼的消息,总统以证婚人的身份参加婚礼。卡纳雷斯将军看到这条消息,怒火中烧,活活地被气死。将军领导的游击队也因群龙无首而瓦解了。卡米拉则在家中守候丈夫的归来,却多年得不到他的音讯,只得带着孩子移居乡下。

云端上带着双翼的天使和土著神灵一起,注视着殖民地的现实世界

《总统先生》全书共分三大部分41章,但在洋洋数十万字中,总统只出现过3次,营造了一个充斥着乞丐、娼妓、密探、警察、政客的白色恐怖的社会环境,从侧面衬托了总统的凶残、昏庸、诡计多端和草菅人命,生动地描绘了一个暴君的精神面貌和心理状态。《总统先生》真实地反映了印第安人的现实,挖掘了印第安人的深层意识,将玛雅基切人的传说与小说的情节结合在一起,具有鲜明的魔幻现实主义文学风格。

2. **阿莱霍·卡彭铁尔** （Alejo Carpentier，1904—1980） 古巴作家，生于首都哈瓦那。父亲是法国人，因厌倦了欧洲的生活，于1902年迁居古巴。虽然父亲是一位建筑师，但酷爱文学，尤其喜欢西班牙作家皮奥·巴罗哈的作品。卡彭铁尔幼时受父亲的影响，博览群书。母亲是俄国人，音乐造诣很深，卡彭铁尔也随母学习音乐，培养了他对音乐的兴趣和爱好。他的文学与音乐融合的素质在他的小说创作中显现了出来。卡彭铁尔在哈瓦那大学学习建筑，后弃学投身报界，曾任美洲大陆发行量最多的杂志《广告》主编，还参加了在墨西哥举行的新闻工作者会议，1928年创办《前进》杂志，同年因反对马查多独裁统治被捕入狱，在狱中完成了第一部长篇小说《埃古-扬巴-奥》（*Ecué-yamba-O*）初稿，1933年在西班牙马德里出版，获释后在法国超

阿莱霍·卡彭铁尔

现实主义者罗贝尔·兰索的帮助下流亡巴黎。在法国期间，与阿斯图里亚斯合作主办《磁石》杂志，宣传超现实主义的文学主张。1936年西班牙内战爆发，前往西班牙参加作家会议，支持西班牙共和国。后陪同法国作家路易·儒韦访问海地，足迹遍及海地的北部海岸。根据在海地的生活体验，创作了《这个世界的王国》（*El reino de este mundo*，1949）。从1954年起旅居委内瑞拉，为委内瑞拉《民族报》撰写专栏文章，组织1953年在委内瑞拉举办的拉美第一届音乐节，以各种形式支持反对巴蒂斯塔独裁政权的古巴"七·二六运动"。1959年古巴革命胜利后立即回国，创建国家出版社，历任全国文化委员会副主席、作家和艺术家协会副主席，还领导了以美洲为宣传对象的文化机构"美洲之家"。1965年出使法国，于1980年在巴黎逝世。1977年曾获得西班牙的塞万提斯文学奖。

《方法的根源》（*El recurso de método*）是卡彭铁尔创作于1974年的重要小说，描写一位没有姓名，而以"首席执政官"、"发号施令者"命名的主人公。这位"首席执政官"长期寓居巴黎，文质彬彬，出没于沙龙，对文学艺术颇有造诣，能读懂英、法原文名著，给人一种有道德、有教养的印象。一天，

他获悉他的部下加尔万发动武装叛乱,急忙回国,一反道貌岸然的常态,用各种残忍的手段杀死叛乱者和有牵连的老百姓,还不许死者家属哭泣。世界大战的爆发给这个拉美国家带来了繁荣,投资增多,咖啡价格猛涨,他以为自己治理有方,国家才有歌舞升平的景象,居然罢免了所有的部长,一人独揽大权。但大战结束后,咖啡价格猛跌,国民经济濒临崩溃。工人罢工,军队倒戈,"首席执政官"四面楚歌,众叛亲离,只身一人逃亡巴黎,最后在豪华的住所里死去。

卡彭铁尔从拉美独裁者身上,综合了他们外表和内在的特征,但又不同于那种一开始就给人面目狰狞、阴险毒辣的形象,赋予独裁者温文尔雅的气质,摆脱了描写独裁者的程式和套路,给人一种新颖、别致的感觉。小说开头是以"我"来描述在巴黎的活动,俨然以一个正人君子的面貌在上层社会中周旋;从回国镇压叛乱之后,便改用第三人称旁白的手法,使作家有更大的余地尽情地发挥,极尽对"首席执政官"的讽刺。《方法的根源》和卡彭铁尔的其他的小说都有浓厚的魔幻气氛,表现了作家率先提出的拉美"神奇现实"。

卡彭铁尔的主要作品还有:《古巴音乐》(*La música en Cuba*,1946)、《消失的脚步》(*Los pasos perdidos*,1953)、《时间之战》(*Guerra del tiempo*,1958)、《启蒙世纪》(*El siglo de las luces*,1962)等。

《启蒙世纪》

《消失的脚步》

《时间之战》

3. **阿图罗·乌斯拉尔·彼特里**（Arturo Uslar Pietri, 1906—2001）委内瑞拉作家，出生于加拉加斯一个富裕的家庭，曾获得委内瑞拉中央大学经济学博士和政治学博士学位。历任教育部长、梅蒂纳总统府秘书、财政部长和内政部长、众议员。梅蒂纳总统被推翻后，他被独裁者佩雷斯·希门内斯关押，后流亡英国。回国后因发表反对独裁者的声明再次被捕。1963年成为总统候选人，创立"国家民主阵线"，主编《民族报》文学专栏。曾在1929年前往英国和法国，在巴黎与阿斯图里亚斯和卡彭铁尔相识，与他们一起致力于超现实主义运动。

阿图罗·乌斯拉尔·彼特里

由于乌斯拉尔·彼特里对魔幻现实主义的杰出贡献，与阿斯图里亚斯和卡彭铁尔一起被誉为魔幻现实主义的先驱。

在文学创作上，以历史小说为主，有描写玻利瓦尔领导独立战争的《红色长矛》（Las lanzas coloradas, 1931）、揭露西班牙殖民统治的《黄金国之路》（El camino de El Dorado, 1947）、谴责独裁统治的《死者的职业》（Oficio de difunto, 1976）、反映现代社会生活的《一张地图照片》（Un retrato en la geografía, 1962）、《假面具的季节》（Estación de máscaras, 1964）和描写农村生活的《匪徒和其他故事》（Barrabás y otros relatos, 1928）等十多部短篇小说集。他的历史小说

《红色长矛》

别具风格,突破了传统小说的模式,着重人物的心理描写,打破了时间的界限,为拉美历史小说的革新提供了成功的范例。他的文学批评论著有:《委内瑞拉的文学与人》(*Letras y hombres de Venezuela*, 1948)和《西班牙美洲小说简史》(*Breve historia de la novela hispanoamericana*, 1955)。在《委内瑞拉的文学与人》中,使用"魔幻现实主义"一词来解释拉美的"神奇现实",作家不仅是"魔幻现实主义"这个术语引进拉美文学的第一人,而且用魔幻现实主义创作小说,《雨》便是其中的一例。

厄瓜多尔的瓜亚基尔市街景

第九章 现实主义文学 147

《雨》(La lluvia, 1935) 讲述了一对相依为命的老年农民夫妇，恰逢大旱之年，久不下雨。老两口日夜盼望着雨水的到来。日复一日，眼看着颗粒无收，危在旦夕。一天，老农民赫苏索遇见一个骨瘦如柴的小男孩，却很精神，正在做用尿冲土块的游戏。老农民见到这个小男孩，兴奋异常，把他带回了家，将家中仅剩的一些口粮都供给了他。这老两口感受到了天伦之乐，压在心头上的忧愁也减轻了许多。出乎意外的是，还未到傍晚，孩子突然不见了。老两口心急如焚，跑遍了地头林间，始终找不到小男孩。就在此时，天上落下了雨点，接着雨水瓢泼而下，但他们已全然没了知觉。小说中小男孩的出现和消失都很奇特，雨也下得很蹊跷，让人隐约地感到小男孩与下雨有着某种联系，渲染着一种神秘的色彩，营造魔幻的气氛。这是作家根据印第安人的信仰塑造了一个小男孩的形象。古时候，印第安人用小孩作为祭品向雨神查科·莫尔祈雨，《雨》中那个来历不明的孩子，喻义为祭品的小男孩，他的到来和离开就是老农向雨神求雨的祭品，他的失踪正是小男孩牺牲自己求得久旱后的大雨。但作家的笔锋显然落在两位老人的心理变化上，为了活命，他们盼雨、求雨；有了小男孩，他们欢乐、高兴，一旦失去了小男孩，便陷入了绝望，下雨或不下雨，似乎与他们无关，小男孩才是他们生存的希望。

《雨》通过对一对老农夫妇的描写，反映了人际关系的冷漠、淡薄，一个小男孩的出现竟然使老夫妇大喜过望，小男孩的离去又使他们绝望，同时衬托出委内瑞拉农民生活的艰难。魔幻现实主义的这种形式充分地表达了委内瑞拉的社会现状和现实。

阿图罗·乌斯拉尔·彼特里

胡安·鲁尔福

《平原烈火》

4. **胡安·鲁尔福**(Juan Rulfo, 1918—1986) 墨西哥作家,出生于哈利斯科州一个破落庄园主家庭。在他刚10岁时,其父被刺身亡,与祖母一起生活。由于家境贫困,不得不进入法国修女的孤儿院。后来又寄居哈利斯科州首府瓜达拉哈拉的亲戚家中,在那儿读完中学。接着去墨西哥城,寄宿在叔父家里,并在墨西哥国立自治大学攻读法律,只上了一年就辍学,先后在国家移民局和橡胶公司等处任职。1942年在瓜达拉哈拉的《面包》杂志上发表短篇小说《生活本身并非那么严肃》,之后将创作有关农村题材的小说结集出版,取名为《平原烈火》(*El llano en llamas*, 1953),1955年发表了轰动西方文坛的小说《佩德罗·巴拉莫》(*Pedro Páramo*)。1962年在墨西哥土著民族研究所从事人类学的研究,直到25年后才出版了他的最后一部作品《金鸡》(*El gallo de oro*, 1980)。鲁尔福曾荣获墨西哥国家文学奖和西班牙的阿斯图里亚斯文学奖等多个奖项。

《佩德罗·巴拉莫》描写了庄园主卢卡斯的儿子巴拉莫的罪恶史。巴拉莫并非生来的恶人,小时帮助奶奶干活,与贫苦的农民女儿苏珊娜有过青梅竹马的童年生活。巴拉莫长大成人后热恋着童年的伙伴苏珊娜,但苏珊娜随父远走他乡。巴拉莫的父亲卢卡斯在一次婚礼上,被一颗子弹误伤致死,他在盛怒之

第九章　现实主义文学

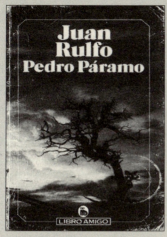
《佩德罗·巴拉莫》

《金鸡》

下几乎把参加婚礼的人全部杀死；他的私生子米盖尔，在一次夜游中从马上摔死，他把米盖尔的死归咎于整个村庄，要用饥馑饿死村民，欲置全体村民于死地而后快；他为了得到心爱的女人苏珊娜，不惜杀掉苏珊娜的父亲，待把她抢到手时，苏珊娜已成了一个疯子，不久便死去。人们把他为苏珊娜办的丧事变成了节日的盛会，热闹非凡，气得他大门不出，一言不发，誓要对科马拉的人进行报复，结果科马拉在饥饿中消失了。巴拉莫继承了父亲的衣钵，为人贪婪、奸诈，为非作歹，采用偷移地界、骗婚夺产、谋财害命、为匪抢劫等各种卑劣的手段侵吞他人的土地，成为科马拉地区的一霸。巴拉莫横行乡里，虐杀无辜，奸淫妇女，他的私生子多得他自己也数不清。他的另一个私生子、赶骡人阿文迪奥千里寻父，巴拉莫就是死在他的这个私生子手里，结束了他罪恶的一生。

《佩德罗·巴拉莫》被誉为"当代墨西哥神话"，这是因为小说借助鬼魂的活动，再现了一个已经消失的世界及人，与阿兹特克族印第安人的罪人的亡魂不得升天，只能在人间游荡的传说是一脉相承的。作家只是通过游荡的鬼魂，揭露、抨击了大庄园主的种种罪恶，把幻觉与现实结合起来，进一步反映客观的现实。作家运用了时空颠倒、交错、隐喻、象征、夸张等手法，使小说更为奇异、怪诞、迷离，充满了魔幻色彩。

六、心理现实主义小说

拉美心理现实主义盛行于20世纪二三十年代,通过人物微观世界的剖析,折射出社会的现实。此类小说注重人物研究,以人物为中心,在人物意识流动中潜隐着他的思想、心灵,自然景物和社会环境是作为背景而出现的。代表作家有:委内瑞拉的曼努埃尔·迪亚斯·罗德里格斯(Manuel Díaz Rodríquez,1871—1927)、智利的佩德罗·普拉多(Pedro Prado,1886—1952)。在现当代文学中,埃内斯托·萨瓦托被公认为心理现实主义作家。

埃内斯托·萨瓦托(Ernesto Sábato,1911—)阿根廷作家,出生于布宜诺斯艾利斯省罗哈斯镇一个意大利移民后裔的家庭。喜欢数学,毕业于拉普拉塔大学物理专业,两次赴法深造,获得物理学博士学位。曾在巴黎居里实验室和美国麻省理工学院工作。在巴黎期间,对文学发生兴趣,常与超现实主义者来往。1940年回到阿根廷,在拉普拉塔大学任教,因反对庇隆政府被流放。二战后转向文学创作,探索人生意义。作家擅长刻画人物的心理活动,运笔细腻,语言精炼,他的小说《隧道》(El túnel,1948)最能体现他的创作特色。

《隧道》讲述主人公胡安·巴勃罗·卡斯特尔杀死女友的回忆,卡斯特尔是一位失意的画家,孤独、彷徨,偶遇少妇马丽亚,两人一见钟情,坠入爱河。但卡斯特尔生性多疑,怀疑马丽亚的真诚,嫉妒又使他心理上失衡,终于走向疯狂,亲手杀死了马丽亚。作家准确地把握了卡斯特尔的内心活动,从卡斯特尔的失落、压抑和绝望,折射出阿根廷知识分子的无奈、无助的困惑处境。作家用第一人称的独白形式倒叙了马丽

埃内斯托·萨瓦托

第九章 现实主义文学

亚被杀的整个过程,揭示了卡斯特尔内心世界中隐匿着犯罪的社会因素:没有出路,人与人之间冷酷、淡薄,沟通"隧道"的堵塞。卡斯特尔从失意、多疑,到嫉妒杀人是逻辑发展的结果,促使卡斯特尔杀人的正是阿根廷的专制统治。

作家于1961年出版了他的力作《英雄与坟墓》(*Sobre héroes y tumbas*),小说中的英雄有两位:一位是家境贫寒、纯洁无邪的年轻人马丁,另一位是与独裁者罗萨斯进行斗争而逃到玻利维亚的胡安·拉瓦列将军;小说中的坟墓是留给与马丁相识、相爱的女子亚历杭德拉和她的父亲费尔南多·比达尔的。亚历杭德拉枪杀了与她乱伦的父亲,自己在点燃的烈火中丧身。小说的情节就是在这4个人物中展开:马丁在探索人生、与亚历杭德拉相爱中,掺入了拉瓦列将军悲壮的历史事件,暗示人生的艰难;在亚历杭德拉与其父费尔南多的关系中,插入了与全书无多大关系的《关于瞎子的报告》,预示着费尔南多与自己女儿乱伦的不祥命运。他的第三部小说《灭绝者阿巴东》(*Abadón, el exterminador*, 1974)表现了像阿巴东这样的恶人必然走向毁灭的命运。

作家一生中创作了这3部出色的长篇小说,还有为数众多的散文作品,计有《个人与宇宙》(*Uno y el universo*, 1945)、《人和滑轮》(*Hombre y engranajes*, 1951)、《异端邪说》(*Heterodoxia*, 1953)、《庇隆主义的另一张脸》(*El otro rostro del peronismo*, 1956)、《作家与他的幽灵》(*El escritor y sus fantasías*, 1963)等,1984年荣获西班牙的塞万提斯文学奖。进入80年代后,作家把他的精力投入到保卫人权的斗争中,担任了1983年成立的失踪者问题全国委员会主席,清算军政府犯下的罪行。他的高尚的人格和战斗精神赢得了人们的尊敬。

《英雄与坟墓》

七、结构现实主义小说

马里奥·巴尔加斯·略萨（Mario Vargas Llosa, 1936—　）秘鲁作家，生于阿雷基帕市。小时随母在玻利维亚的科恰班巴生活，在那儿上了小学，9岁回到秘鲁，遵父命进入莱昂准军事学校就读，后在首都利马的圣马可斯大学攻读法律和文学，大学毕业时因其小说《挑战》（1958）获法国一家刊物征文奖，应邀赴法国旅行，同年获奖学金去西班牙孔普卢登塞大学深造，获得博士学位。次年携妻赴巴黎勤工俭学。1962年，以其军校生活为素材的长篇小说《城市与狗》（La ciudad y los perros）问世，一举获得成功，荣获西班牙"简明丛书"文学奖。1966年发表的长篇小说《绿房子》（La casa verde）使其名声大噪，此后陆续出版了《酒吧长谈》（Conversación en la catedral, 1969）、《潘达雷翁与劳军女郎》（Pantaleón y las visitadoras, 1973）、《胡利娅姨妈与作家》（La tía Julia y el escribidor, 1977）、《世界末日之战》（La guerra del fin del mundo, 1981）、《马依塔的故事》（La historia de Mayta, 1983）、《谁杀害了巴洛米诺·莫列罗？》（Quién mató a Palomino Molero?, 1986）、《叙事人》（El hablador, 1988）、《继母的赞扬》（El elogio de madrastra, 1989）、《安第斯山的利图马》（Lituma en los Andes, 1993）等9部长篇小说，还有中篇小说、散文和回忆录。由于作家在文学上的巨大成就，1976年在伦敦举行的第14届国际笔会上被选为主席，1994年获得西班牙塞万提斯文学奖。但在1990年参加秘鲁总统选举失败后移居英国，1992年加入西班牙国籍。之后创作了散文集《谎言中的真实》（La verdad en las mentiras, 1990）、回忆录《水中鱼》（La pez en el agua, 1993）等。

《绿房子》出版后就获得了拉美最高文学奖：委内瑞拉的罗慕洛·加列戈斯国际小说奖。小说的跨度为40年，发生的地点为秘鲁北部城市皮乌拉和亚马

马里奥·巴尔加斯·略萨

第九章 现实主义文学

逊地区的圣达·马丽亚·德·涅瓦镇。小说以5个人物为线索，展开故事情节：流浪艺人安塞尔莫来到了皮乌拉城，开办了该城的第一家妓院"绿房子"，"绿房子"被反对开妓院的教区神父加西亚烧毁。安塞尔莫因突发心脏病去世，他的女儿琼加又创办了"绿房子"。生活在修道院的印第安姑娘鲍妮法西娅，因同情修道院中的孤儿，故意放他们逃走。修道院院长要把她逐出修道院，被领航员聂威斯夫妇领养，在后者的撮合下与警长利杜马结婚。利杜马犯事被捕后，与他在一起的地痞无赖何塞菲诺乘机诱奸了鲍妮法西娅，并强迫她卖淫。巴西籍日本人伏屋是个逃犯，从事橡胶和皮毛的走私，拐骗了漂亮姑娘拉丽达，但拉丽达不能忍受伏屋奸淫妇女的丑行，便与伏屋的同伙、后来做领航员的聂威斯私奔。伏屋最终染上了麻风病，从此与社会隔绝。胡姆是印第安村社的一个首领，他带领村民采集橡胶和狩猎，靠出售橡胶和毛皮为生。镇长列阿德基用欺骗手段购买他们的产品，而士兵和土匪则抢劫他们的东西。胡姆从来林区为他们扫盲的老师那儿得知了镇长的欺诈行为，拒绝把橡胶和毛皮卖给镇长。列阿德基便命人把胡姆抓了起来，严刑拷打。胡姆被释放后四处告状，无人理睬，最后死在一条小河旁，为维护印第安人的合法权益牺牲了生命。警长利杜马原是一个地痞，自从当了警长后追捕过伏屋，支持琼加开妓院，与富豪决斗后被捕入狱。他出狱后把逼他妻子鲍妮法西娅卖淫的何塞菲诺暴打了一顿。

小说仿佛是秘鲁当代社会的一幅风俗画，描写了社会中各色人等的生活状态，走私、卖淫、欺诈、掠夺、暴力等社会的各种弊病都在皮乌拉和涅瓦镇表现了出来。小说以5个人物为故事情节平行地展开，时而将这些情节切割成碎片，打破时空的界限；时而将碎片组装、拼接，次序颠倒，将独白和对白融入其中，使小说有鲜明的立体感。评论家们将作家的创作方法称之为"结构现实主义"。

《绿房子》

《马依塔的故事》

《潘达雷翁与劳军女郎》

八、拉美新小说

拉美新小说是拉美传统小说的延伸和发展,继承了传统小说对社会的揭露和批判,社会现实始终是新小说关注的焦点。魔幻现实主义、心理现实主义已不是传统意义的现实主义,是现实主义的变种,蕴含着不同于传统小说新的元素,这些新元素便是新小说发生的基础。新小说除了对现实的关注,更强调对人的忧患、生存的关怀。在小说创作的形式上,新小说也不同于传统小说,首先新小说的结构不是线性的、井然有序的、合乎逻辑的,而是在人的精神变化的基础上的多元实验结构;小说的时间是无序的、打破了编年史式的时间次序,它的空间是想象的空间,不再是传统小说那种现实的空间;新小说的叙述者是多人称的或模糊的,而不是无所不能的第三者;新小说大量运用象征。从拉美小说的创作倾向和形式来看,它更接近欧美的现代主义小说,但拉美新小说不等于欧美的现代主义小说,这是因为拉美新小说坚持走现实主义道路,只是在创作中更多地运用了现代主义的创作手段。

1. **胡安·卡洛斯·奥内蒂**(Juan Carlos Onetti, 1909—1994)乌拉圭作家,生于首都蒙得维的亚。由于家境贫寒,未受过高等教育,曾在首都蒙得维的亚的《前进》周刊任秘书,创作了小说《井》(*El pozo*, 1939)。后担任路透社驻布宜诺斯艾利斯办事处主任、阿根廷的《请看与请读》杂志编辑部主任。两度前往阿根廷首都布宜诺斯艾利斯,在那里创作了《无人的土地》(*Tierra de nadie*, 1941)、《为了今晚》(*Para esta noche*, 1943)、《短暂的生命》(*La vida breve*, 1950)、《生离死别》(*Los adioses*, 1954)。1955年回国后出任蒙得维的亚市图

胡安·卡洛斯·奥内蒂

书馆馆长。1974年作为《前进》杂志的评委因把文学奖授予内尔松·纳拉而得罪了军政府,被捕入狱3个月,获释后即刻前往西班牙。在西班牙写出了《听清风倾诉》(*Dejemos hablar al viento*, 1979)、《在那时》(*Cuando entonces*, 1987)、《在场和另外一些故事》(*Presencia y otros cuentos*, 1986),1980年获得西班牙的塞万提斯文学奖。

西凯罗斯:《地球上的人类向宇宙进军》

奥内蒂的小说如同美国福克纳的"约克纳帕塔法县"一样创造了一个海港城市"圣达马丽亚",他的著名小说《短暂的生命》、《船厂》(*El astillero*, 1961)以及之后的一些小说均以"圣达马丽亚"作为小说人物活动空间,这些小说被称为"圣达马丽亚系列"。

在他众多的小说中,作家最关心的是人物的命运,他们不是时代的英雄,而是社会中的芸芸众生,他们活得艰难、孤独、彷徨、绝望。这种人比比皆是,无论是在蒙得维的亚,还是在布宜诺斯艾利斯都可以看到他们的身影。他的代表作《短暂的生命》描写的就是这样一个小人物,主人公拉尔森是一家广告公司的小职员,梦想着创作一个电影剧本,摆脱窘迫的生活处境。在现实生活中,他与一位邻居相遇,展示了布拉森性格中的另一面:被异化的心灵。《造船厂》的主人公拉尔森被任命为早已倒闭的船厂总经理,拉尔森将计就计,稳住船厂中仅有的两三个职员,还要与船厂老板的白痴女儿结婚,期待着时来运转,有出头之日。最后老板因欺诈被抓,船厂职员各自逃生,拉尔森也因肺炎而亡。为了表达这些小人物的生活挫折,内心痛苦,作家运用了内心独白、时空交叉、幻想与现实融合等现代主义手段,拉美新小说的特征在奥内蒂的小说中得到了充分的体现,因而有的评论家认为奥内蒂的小说是新小说的开端。

奥古斯托·罗亚·巴斯托斯

《我，至高无上者》

2. **奥古斯托·罗亚·巴斯托斯**（Augusto Roa Bastos, 1917— ）巴拉圭作家，出身生首都亚松森一个糖业工人的家庭。家境艰难，童年是在农村度过的。8岁入亚松森军事学校，参加过巴拉圭和玻利维亚争夺土地的"厦谷战争"。战后任《祖国》杂志的记者，1944年赴英国学习新闻学，目睹了第二次世界大战。1947年爆发了反莫里尼戈政府内战，流亡阿根廷。1976年起在法国图卢兹大学教授拉美文学，在国外侨居四十多年。最初学诗，曾出版过一部诗集《歌唱黎明的夜莺和其他的诗》（*El ruiseñor de la aurora y otros poemas*, 1942），后改写小说，他的第一部小说集《绿叶丛中听惊雷》（*El Trueno en las hojas*）于1953年问世。之后，出版了他的第一部长篇小说《人子》（*Hijo del hombre*, 1960），1974年《我，至高无上者》（*Yo, el supremo*）的发表使作家名声大振，荣誉接踵而至，获得了西班牙的塞万提斯文学奖、巴西的拉丁美洲纪念文学奖和巴拉圭的民族功勋奖章。

《我，至高无上者》中的主人公弗朗西亚是巴拉圭历史上的真实人物，是位获得神学博士学位的知识分子，在反对西班牙殖民统治的独立战争中攫取了权力，成为巴拉圭的独裁者。小说以一张讽刺弗朗西亚的匿名传单为契机，描写了独裁者的内心活动，表现他的双重人格："我"和"至高无上者"。匿名传单的出现使"我"日夜不宁，猜疑、焦虑、愤怒、恐惧，指使总统私人卫队、军警、特务抓捕传单的散发者。传单以"我"的名义颁布总统的命令：在我死后身首异处，暴晒三日，火化后骨灰抛入巴拉圭河中。这份传单虽然是作家的臆造，但也不是无中生有。弗朗西亚去世后数年，他的反对者把他的尸体从陵墓里挖出，投进了巴拉圭河中。可想而知，当时弗朗西亚收到这份匿名传单是如何的惊恐了。弗朗西亚也是位掌握生死大权的独裁者，他以"至高无上者"的姿态出现在公众面前，给人一种威武、严厉的形象，武断专横、心狠手辣的手段强化了他的外在形象。作家通过弗朗西亚本人书写、口授的形式，把独裁者的两重人格刻画得惟妙惟肖。小说的标题《我，至高无上者》画龙点睛地把独裁者弗朗西亚"我"与"至高无上者"两种对峙的人格推到人们的面前，展示了独裁者色厉内荏、蛮横和羸弱的一生。小说结构严整、内容丰富、场面宏伟，是拉美文学中一部优秀的反独裁小说。

3. 阿道弗·比奥伊·卡萨雷斯（Adolfo Bioy Casares，1914—1999）阿根廷作家，出生于首都布宜诺斯艾利斯的一个富裕家庭。从小受法语教育，在大学中攻读法律，后转向文学创作。与博尔赫斯相识于20世纪30年代，两人意气相投，友谊甚笃，共同创办杂志《不合时宜》，共同进行文学创作，《幻想文学选》（*Antologia de literatura fantástica*）便是他们合作的成果。他的第一部小说，也是他的名作《莫雷尔的发明》（*La invención de Morel*）于1940年出版。

《莫雷尔的发明》中的"我"是一个被判处死刑的逃犯，为了逃避警察的追捕，驾船来到一个名叫维林斯的小岛上，"我"发现岛上突然来了许多人，其中有一位引起"我"好感的女人，人们叫她福斯蒂内，与福斯蒂内做伴的是

阿道弗·比奥伊·卡萨雷斯

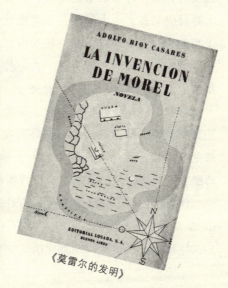

《莫雷尔的发明》

一个叫莫雷尔的人。"我"能看见他们,他们却看不见"我",他们可能是"我"的幻觉,可能是外星人,也可能是鬼魂。不久,莫雷尔宣布发明了一种让灵魂永生的机器,这部机器能使灵魂与肉体分离,一旦灵魂转移到映像上,灵魂就得到永生,而肉体就要腐烂。"我"钟情着福斯蒂内,希望发明一种机器把她的仪容体态还原成映像,永远出现在"我"的眼前。在肉体和灵魂的对立中,人们一直偏向对灵魂永恒的要求,灵魂是高尚的、理性的,而肉体是低贱的、非理性的。20世纪末人体已成为人们争论的焦点,作家却超前地涉及了这一问题。这部小说一经发表,被译成各种文字,改编成电影、电视,深受读者的欢迎。

《英雄梦》(*El sueño de los héroes*,1954)是作家另一部名作,小说的主人公埃米利亚·高纳是一家汽车修理厂年轻的工人,他用36比索买了赛马彩票,赢了1000比索,他要和友人一起花掉这笔赢来的钱。怎样花掉这笔钱,朋友们争执不下,于是去请教智慧高超的博士。在他的授意下,他们一行7人乘一辆马车去参加狂欢节。高纳酒醉后产生了幻觉,他来到湖边,结识了一位戴面具的姑娘,还在湖畔睡了一觉。后来,他一直思念着这位姑娘,始终不明白这个姑娘是谁。他找到巫师,请巫师为他解梦。此时,高纳认识了巫师的女儿克拉拉,他们从相知到相爱,最终成为眷属,过着甜蜜的生活,但高纳还是忘不了戴面具的姑娘。在一次赛马中又赢了一大笔钱,他要把这笔钱用于解梦的调查费用,邀请博士和他的朋友重新踏上前往狂欢节之路。他发现他产生的幻觉是由博士一手操作、安排的,博士是个为非作歹之徒,他在高纳心目中高大的形象轰然倒塌,并要与这种恶人决斗,最后死在博士的剑下。作家以其丰富的想象力制造了高纳的幻觉,幻觉消失后凸显的却是严酷的现实:戴面具的姑娘、清澈的河水、湖畔的夜宿都是子虚乌有;被称之为博士的却是个恶棍。生活在现实中的人,他们亲身感受到的现实就更为可怕、冷酷,大概连做梦的瞬间都会被现实所击毁。

作家还创作了一部虐杀老人的恐怖长篇小说《猪的战争日记》(*Diario de la guerra del cerdo*, 1969),还有其他长短篇小说、散文二十多部。1990年被授予西班牙的塞万提斯文学奖。

第九章 现实主义文学

4. 吉拉尔莫·卡夫雷拉·因方特（Guillermo Cabrera Infante，1929—2005）古巴作家，生于奥连特省希巴拉，后迁居首都哈瓦那，在哈瓦那度过他的青少年时代。酷爱文学，放弃了大学的医学专业，从事文学创作，进入《波西米亚》杂志社工作。1943年发表他的第一篇小说，3年后创办《新一代》杂志，次年进入新闻学校深造。1952年由于在《波西米亚》杂志上发表了一篇被视为"亵渎神明"的小说，被古巴当局逮捕。从此使用笔名G.Cain（作家名和姓的第一个字母或音节）在《广告》杂志上发表影评。1959年古巴革命胜利后，曾担任古巴电影资料馆馆长，出版影评集《20世纪的一种职业》（*Un oficio del siglo 20*，1962）和小说《和平犹如战争》（*Así en la paz como en la guerra*，1960）；出任《革命报》副刊《星期一》的主编，后访问美国，任驻比利时文化参赞，1965年流亡国外，侨居伦敦。1964年在小说《回归线的黎明景色》的基础上写成的《三只悲伤的老虎》（*Tres tristes tigres*）获得西班牙"简明丛书"奖。

《三只悲伤的老虎》是以特罗比卡纳夜总会主持人的开场白为起始，用英语和西班牙语混杂着向观众做演出的介绍，营造1957、1958年古巴首都哈瓦那夜晚的气氛。哈瓦那的夜晚是兴奋的，又是虚假的，在这物欲横流的世界里沉浸着那些荒诞不经的、逃避现实的人们，他们在黑暗中涌动，其中有男女同性恋者、妓女、色情的摄影师、明星的猎头、醉汉、流浪儿、肆无忌惮的记者、绝望的音乐人，他们仿佛在一个大池塘里嬉戏。这就是古巴革命前的一面镜子，折射出一个小镇的女孩变成了妓女，想当作家的小伙子来到哈瓦那寻找机会，黑人女歌手用嘶哑的嗓音去争宠，歹徒肆虐，暴力横行。"三只悲伤的老虎"本是古巴的绕口令，此处是指在哈瓦那夜晚游荡的年轻

吉拉尔莫·卡夫雷拉·因方特

《三只悲伤的老虎》

《死者因方特的哈瓦那》

人:摄影师科达克讲述了他是如何发现女歌星埃斯特雷利亚斯·罗德里格斯的,这位女演员穿着肥大的廉价的服装、脚踏着破旧的拖鞋,手持酒杯,跟着音乐的节拍舞动着她的臀部,在夜总会跳舞;鼓手埃里博正在欣赏他的音乐;记者西尔维斯特雷和演员阿塞尼奥·奎高谈阔论,不停地谈论着文学、形而上学和女人。小说记录了古巴革命前堕落的哈瓦那,描写的是怀念、文学、城市、音乐、夜晚;建构的是小说中的小说,插入了用7种不同的叙述手法回忆托洛茨基被暗杀的故事。语言则是词序颠倒、改义、拆拼重组单词等文字游戏。作家凭借这部小说获得了西班牙的塞万提斯文学奖。

5. **莱奥波尔多·马雷查尔**（Leopoldo Marechal，1900—1970）阿根廷作家，生于首都布宜诺斯艾利斯。大学毕业后在中学当老师，20年代参与《船头》和《马丁·菲耶罗》杂志的创办。1926年出版了《光阴如箭》（*Días como flecha*），同年出游法国和西班牙，与法国超现实主义者、西班牙作家乌纳穆诺和画家毕加索交往。1931年回国后在庇隆政府的教育部门任职。作家12岁即开始写诗，处女作《鹰雏》（*Los aguiluchos*，1922）带有浪漫主义文风。此后发表了《献给男人和女人的颂歌》（*Odas para el hombre y la mujer*，1929）等诗篇，具有马丁·菲耶罗主义特色，在创作风格上出现了理想主义的倾向，特别是他的代表作，小说《亚当·布宜诺萨雷斯》（*Adán Buenosayres*，1948），从30年代开始创作，直到1948年才完成，花费了18年时间。全书的结构与叙述方式颇似乔伊斯的《尤利西斯》，主人公亚当游历了20年代的布宜诺斯艾利斯，时间为3天。该书的第一部分叙述了亚当在布宜诺斯艾利斯的跋涉，其中插入了与马丁·菲耶罗主义者有关哲学问题的对话，最后出游归来；第二部分是亚当爱情的心灵之旅，亚当把理想中的或天堂上的情人索尔韦格和现实中的情人比阿特丽斯合而为一，追求一种神圣的美；第三部分是小说的核心，也是最有意义的部分，是叙述亚当的现实之旅。亚当游历了布宜诺斯艾利斯后，感到整

莱奥波尔多·马雷查尔

《亚当·布宜诺萨雷斯》

个城市仿佛是一座地狱,所有的居民生活在地狱的各层,他见到了那些声名赫赫的政界领袖,他们都是地狱中的罪人;他也找到了理想中的情人索尔韦格,她只是个世俗的俗人,失望的亚当又回到了现实的世界。《亚当·布宜诺萨雷斯》全景式地描写了布宜诺斯艾利斯社会各阶层生活、文化、环境,生动地揭示了各色人等的生存状况。这部史诗式的小说忠实地反映了阿根廷人的国民性,显示了作家的成熟,不再是单纯的马丁·菲耶罗主义者,面对现实生活中出现的各种问题作出了自己的思考。作家在不同的历史时期曾扮演过不同的角色,他是民族主义者、个人主义者,也是古巴革命的同情者。

6. 米盖尔·奥特罗·西尔瓦(Miguel Otero Silva, 1908—1985) 委内瑞拉作家,出生于巴塞罗那的记者家庭。曾就读于委内瑞拉中央大学,主攻土木工程学,但一直坚持业余创作。因参加反对独裁者戈麦斯总统的学生运动而被捕,流亡国外达6年。在流亡期间仍从事政治斗争,并以新闻为业。1936年戈麦斯死后回国,次年再度流亡国外,直到1941年才回国。两年后与其父共同创办《国民报》,他也从中央大学新闻系毕业,后当选委内瑞拉记者协会主席。

作家的文学创作始于诗歌,他的《水与河床》(*Agua y cauce*, 1937)具有现代主义的风格;他的小说有:描写反独裁统治学生运动的《热病》(*Fiebre*, 1939)、叙述一个村庄在疟疾肆虐下毁灭的《死屋》(*Casas muertas*, 1954)和讲述石油资源被掠夺的《一号办公室》(*Oficina número 1*, 1961),还有《奥诺里奥之死》(*La muerte de Honorio*, 1963)、《欲哭无泪》(*Cuando quiero llorar no lloro*, 1970)、《自由王子洛佩斯·德·阿吉雷》(*Lope de Aguire, príncipe de la libertad*, 1979),在他完成了《石头就是基督》(*La piedra que era Cristo*, 1984)的第二年告别了人世。

米盖尔·奥特罗·西尔瓦

第九章　现实主义文学

《死屋》

《欲哭无泪》

　　《死屋》是作家的代表作，出版后不久便获得了委内瑞拉全国文学奖和阿里斯迪德斯·罗哈斯文学奖。《死屋》中的主人公卡门·罗莎是一位聪慧、充满生命力的年轻姑娘，疟疾的流行把一个繁华的瓜里科省的奥尔蒂斯镇变成了十室九空、破败的废墟，在她的父亲和未婚夫塞瓦斯蒂安先后被瘟疫夺走了生命后，她决定迁居到东部平原，重建另一个奥尔蒂斯镇。但她的母亲故土难离，要求罗莎像乡亲们那样留在镇上，与镇上的居民生死与共。面对即将毁灭的城镇，她不能坐以待毙，听天由命，于是离开了这个可怕的、死亡威胁着的奥尔蒂斯镇。就在奥尔蒂斯镇遭到瘟疫袭击时，在首都闹学潮的大学生在被押往帕伦克的途中，经过了奥尔蒂斯镇，以卡门的未婚夫塞瓦斯蒂安为首的朋友们，不顾自身的安危，要用武力解救这些大学生，然后投奔平原上的游击队。虽然他们的计划失败了，但他们的善良、正义正是改变国家和民族命运的希望。小说也揭露了独裁者的横行、暴戾，镇长库维略斯因在总统面前失宠，被发配到奥尔蒂斯镇当地方长官，他霸占民女，陷害百姓，作威作福，是个独裁者的映照。虽然作家对这一人物着墨不多，但反映出这个时代的特征。作家通过时间的交错，突出当今的现实；老人对奥尔蒂斯镇昔日的繁荣、节日盛况的回忆，凸现了它的衰败、没落，这种悲喜交集、荣衰互见的写法，产生了更为强烈的艺术效果。

7. 爱德华多·马列亚

爱德华多·马列亚

（Eduardo Mallea, 1903—1982）阿根廷作家，生于阿根廷的布兰卡港。在布宜诺斯艾利斯大学求学时，结识了著名作家吉拉尔德斯和马丁·菲耶罗主义作家。大学毕业后，出任《民族报》文学副刊主编，在报社里工作了长达24年之久，之后任驻联合国科教文组织的代表。1926年发表第一部小说《写给一个绝望的英国女人的故事》(Cuentos para una inglesa desesperada)，之后陆续出版了各类作品共76部，可谓著作等身，最主要的小说有：《阿根廷受难史》(Historia de una pasión argentina, 1935)、《静河之城》(La ciudad junto al río inmóvil, 1936)、《十一月的节日》(Fiesta en noviemtre, 1938)、《寂静的海湾》(La bahía de silencio, 1940)、《凡绿皆尽》(Todo verdor Perecerá, 1941)、《鹰群》(Las águilas, 1943)、《辛巴特》(Simbad, 1957)等。

马列亚的《凡绿皆尽》是一部颇有深度的小说，以人物的心理分析来探求人的内心世界，与当时兴起的新小说极为契合。小说女主人公阿加塔生活在布宜诺斯艾利斯省南部的一个农村里，母亲早亡，与父亲不能沟通，不得不嫁给了一个她不喜欢的男人，他是个只会种地、沉默寡言的农民，两人没有共同语言。丈夫死后，阿加塔离开了农村，来到了布兰卡湾。在一次社交场合里，结识了索特罗，两人一见钟情。阿加塔以为找到了一个理想的情人，爱情可以使她摆脱长期以来的压抑。但是好景不长，他们在一起只生活了几个星期，索特罗便离开了她，独自去了布宜诺斯艾利斯，她依然孑然一身，又回到了她熟悉的农村。然而，她的精神已彻底崩溃，变成了疯子，用自杀了却她悲惨的一生。小说只字未提任何历史事件和社会斗争，一味地通过阿加塔意识的流动、以往岁月的回忆，叙述她的寂寞和孤独，似乎阿加塔游离于社会之外，但造成她的悲剧的恰恰是那些压迫她的父权社会中的男人：不理解她的父亲、对她毫无感情的丈夫、抛弃她的情人。

《凡绿皆尽》生动地展示了社会最黑暗的一面：对人性的扼杀，这比明火执仗地杀人更为可怕，因为受害者的鲜血流向心田里。

九、"文学爆炸"中的新小说

拉美新小说进入20世纪60年代发生了突发性的转折,涌现了一大批新锐作家,人们把这一现象称之为"文学爆炸"。"文学爆炸"的导火线是1959年古巴革命的胜利,这鼓舞了处于彷徨、徘徊、不知向何处去的拉美知识分子,给他们带来了希望。为了打破美帝国主义对古巴的封锁,保卫古巴革命,一些同情古巴革命的知识分子,其中最为突出的是哥伦比亚的加西亚·马尔克斯、墨西哥的卡洛斯·富恩特斯、阿根廷的科塔萨尔和秘鲁的巴尔加斯·略萨,他们撰写文章,举办讲座,会见记者,利用各种形式宣传古巴革命。1962年在智利库塞普西翁大学召开的知识分子大会上,全体与会者一致拥护古巴革命,把一次知识分子的集会变成了政治宣传,提高了古巴在世界上的地位、在拉美的声望。由此,古巴成为民族解放的中心、拉美作家朝圣的麦加。西班牙出版商也乘机恢复他们在拉美的传统市场,大量出版拉美的小说,授予拉美作家各种奖项,使"文学爆炸"的小说带上了强烈的商业化倾向。

1. 加夫列尔·加西亚·马尔克斯(Gabriel Garcia Márquez,1927—)哥伦比亚作家。生于马格达莱纳省阿拉卡塔卡镇,从小生活在外祖父母家里,由他们抚养长大。外祖父是他的文学启蒙老师。1940年迁居首都波哥大,入教会学校学习,后就读于哥伦比亚国立大学法律系。弃学后进入新闻界,先后在巴兰基亚市《先驱报》和自由党的《观察家报》当记者,1954年起任《观察家报》驻欧洲记者。次年,《观察家报》被政府查封后滞留欧洲,为自由记者。后前往委内瑞拉,在首都加拉加斯的《时刻》杂志社任职。1959年出任古巴拉美通讯社驻波哥大分社社长。1961年定居墨西哥。1967年他的

加夫列尔·加西亚·马尔克斯

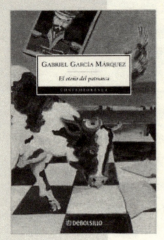

《家长的没落》

名作《百年孤独》（Cien años de soledad）在阿根廷首都布宜诺斯艾利斯的南美出版社出版，引发了拉丁美洲的"文学地震"。1982年荣获诺贝尔文学奖，成为世界著名作家。加西亚·马尔克斯虽然跻身世界文学大师之列，但仍笔耕不辍，常有新作问世：《霍乱时期的爱情》（El amor en los tiempos del cólera，1985）、《迷宫中的将军》（El general en su laberinto，1989）等小说和回忆录《沧桑历尽话人生》（Vivir para contarle），像加西亚·马尔克斯这样保持旺盛创作活力的作家实属罕见。

在《百年孤独》发表之前，加西亚·马尔克斯曾出版过《枯枝败叶》（La hojarasca，1955）、《没有人给他写信的上校》（El coronel no tiene quien le escriba，1961）、《恶时辰》（La mala hora，1962）、《格兰德大妈的葬礼》（Los funerales de la mamá grande，1962）、《家长的没落》（El otoño del patriarca，1975）、《一桩事先张扬的凶杀案》（Crónica de una muerte anunciada，1981）等小说，《百年孤独》的成功，是作家创作实践和生活经验17年积累的结果，也是作家用18个月勤奋创作的结果。作家在《百年孤独》中创造了一个以加勒比海沿岸某国小镇马贡多为中心的世界，这是一个二十来户的小村庄，很多东西还没有名字，必须用手指指着说。在这个闭塞、落后、与世隔绝的村落里，住着一个7代人的布恩迪亚家族。

老布恩迪亚与邻居普鲁登西奥斗鸡时被奚落，一怒之下用长矛扎穿了他的喉头。普鲁登西奥死后，老布恩迪亚家里经常闹鬼，搅得他们日夜不安，老布恩迪亚只得携其妻乌苏拉远走他乡。他们在人烟罕至的一条小河边安营扎寨，建立了一个名叫马贡多的小村庄。老布恩迪亚年迈时，被他杀死的普鲁登西奥经常显灵，与他聊天，最后带着他到另外一个世界去了。他死前因精神失常被绑在一棵大树下，在天降黄花雨中默默地死去。他生前育有二男一女。

大儿子何塞·阿卡迪奥和女佣发生关系，生了一个男孩，取名阿卡迪奥，后又与布恩迪亚家的养女生有一子。他霸占土地，强摊捐税，拆毁人家的房子。有一天，阿卡迪奥房间里传出了

《霍乱时期的爱情》

《格兰德大妈的葬礼》

第九章 现实主义文学

枪声,他脸朝下倒在地上,死者身上的火药味,直到埋葬后好几年还发出那股气味。

小儿子奥雷良诺上校,生下来就睁着眼睛,东张西望。在他的一生中发动过32次武装起义,每次都失败了。跟17个女人生了17个儿子,但一夜之间全遭杀害。他躲过14次暗杀、73次埋伏和一次行刑队的枪决。有一次,在他的咖啡里被放了足以毒死一匹马的马钱子碱,他居然也幸免于难。他拒绝了共和国总统授予的勋章,最终当了革命军总司令,率军南征北战,尽管每次战斗都身先士卒,但唯一一次的挂彩是结束了长达25年的内战后自己朝胸口开了一枪。他戎马生涯数十年,不知为何而战,终于走上了绝路。由于自杀未遂,他回到马贡多靠制作小金鱼打发残年。他的唯一功绩是一条街以他的名字命名。

《枯枝败叶》

女儿阿玛兰塔只谈恋爱不结婚,晚年以扶养家族的后代混日子。

孙子阿卡迪奥在马贡多掌权,成了马贡多有史以来最凶残的独裁者。在与保守党的纷争中,被保守党徒在公墓的墙前枪决了。另一个孙子奥雷良诺·何塞在电影院里,与搜身的军人发生冲突被打死。

曾孙奥雷良诺第二饲养的动物繁殖异乎寻常,他的马一胎下三驹,母鸡一日产二次蛋,肉猪长起膘来简直没有了时,因而积聚了大笔钱财,成了马贡多的首富。他骄奢淫逸,挥霍无度,甚至挟了一箱钞票,提了一桶糨糊和一把刷子,把屋子里里外外、上上下下用面值一比索的纸币糊了一层。

《没有人给他写信的上校》

阿拉卡塔卡(马贡多)小镇

《迷宫中的将军》

他的孪生兄弟阿卡迪奥第二悉心斗鸡,后又想当神父,最后成了香蕉公司的工头。由于站在工人一边,又成了工会里的一个领导人。在工会组织的一次罢工中,政府军队进行镇压,在马贡多广场上屠杀了3千人,还把尸体装上200节车皮,运到海岸边,丢进大海。他在开往海边的火车上苏醒过来,跳车逃回了家。在回马贡多的路上,下起滂沱大雨,这雨下了4年11个月零2天。最后孪生兄弟俩在同一时刻死去。

曾孙女俏姑娘雷梅苔丝长相出众,犹如出水芙蓉,让男人们神魂颠倒。她抛开时髦,崇尚方便,听任自然,给自己缝了一件粗布教士服或长套衫,只要简单地从头上往下一套就解决了穿衣问题,但她仍觉得自己是光着身子的,最后乘一张会飞的床单消失在空中。

五世孙何塞·阿卡迪奥和梅梅·雷梅苔丝、阿玛拉塔·乌苏拉均为奥雷良诺第二的孩子。何塞·阿卡迪奥原想成为神父,因发现几麻袋金币,后与四个村民发生争执被打死;长女梅梅·雷梅苔丝爱上了香蕉公司的工人,此人偷窥梅梅洗澡,被巡逻人员枪中腰部,一生瘫痪在床上。梅梅已经怀孕,无脸见人,被母亲送往修道院;次女阿玛拉塔到国外求学,带着丈夫回到马贡多,最后死于产后风。

《百年孤独》

六世孙奥雷良诺·布恩迪亚是梅梅的私生子,与其姑妈阿玛拉塔·乌苏拉生了一个长猪尾巴的婴儿,全世界的蚂蚁一起出动,把婴儿拖到蚁穴中。这时,他才悟彻到已故吉卜赛人手稿上的密码:家族的第一个人被绑在一棵树上,最后一个人被蚂蚁吃掉。马贡多小镇最后被一阵旋风卷走,在地球上消失了。

《百年孤独》不仅描述了这个大陆的迷信、党派之争、旷日持久的内战、独裁政权、大屠杀惨案,还刻画了美国的经济入侵。马贡多小镇是拉丁美洲的缩影,布恩迪亚家族的兴衰反映了拉美社会发展的各个阶段。

在创作手法上,《百年孤独》打破了现实与非现实、可能与不可能之间的界线。马贡多这个小镇,上下经历百年,最后由孤独到毁灭。像这样落后、愚昧、与世隔绝的小镇,在20世纪科学技术高度发达的今天,是很难

第九章　现实主义文学

有立足之地的，它的消亡与毁灭是社会发展的必然结果。

《百年孤独》中描绘的老布恩迪亚的死、阿卡迪奥第二的死里逃生、俏姑娘雷梅苔丝乘会飞的床单出走等情节，作者无不使用现实与非现实、可能与不可能糅合在一起的手法，把现实变成虚构而不失其真，从而更深刻地反映现实。拉丁美洲印第安人的神话、信仰所形成的现实是荒诞的，要表现这样的现实，仅用通常的表现手法是远远不够的，必须用现代主义夸张离奇、荒唐的技巧才能真实地反映拉美现实的真相。

2. 胡利奥·科塔萨尔（Julio Cortázar, 1914—1984）阿根廷作家。生于比利时首都布鲁塞尔，5岁时随父母回到阿根廷。不久，父亲离家出走，科塔萨尔在母亲的抚养下长大，从母亲那儿学会了法语，20岁时考取布宜诺斯艾利斯高等师范学校，攻读文学和哲学，后中途辍学，在一偏僻小镇当乡村教师。1938年受聘于布宜诺斯艾利斯学院和多萨省库约大学主讲法国文学，因与庇隆政府政见不合，愤而离职。1951年迁居法国，任联合国教科文组织译员，病逝于巴黎。

科塔萨尔一生创作了4部长篇小说、8部短篇小说，还有诗歌、散文和随笔等，他的最著名的小说有《彩票》（*Los premios*, 1960）和《跳房子》（*Rayuela*, 1963），《跳房子》使科塔萨尔进入了20世纪最伟大的作家行列。

胡利奥·科塔萨尔

《彩票》

《跳房子》

《跳房子》长达635页,它以巴黎和布宜诺斯艾利斯为背景,描写主人公奥拉西奥·奥利维拉在这两地生活的故事。奥利维拉的命运如同"跳房子",在巴黎的那边(全书的第一部分"在那边")跳到布宜诺斯艾利斯的这边(小说的第二部分"在这边"),从"跳房子"的天(格)跳到地(格),由天堂跳到人间。所谓天堂只是奥利维拉的梦想,他原来生活在阿根廷首都布宜诺斯艾利斯中产阶级的圈子里,抛弃舒适的生活和温馨的家庭来到巴黎。但巴黎并非他想象的天堂,喧嚣的都市、嘈杂的街道使他感到迷茫、孤独、苦闷。后来他结识了一个来自社会底层的乌拉圭姑娘拉玛加,她带着一个没有父亲的孩子到法国谋生。他们从相爱到同居,但两人的性格有很大的差异,奥利维拉耽于形而上的求索,精神苦闷,无处排遣,拉玛加为人爽直、务实,两人难以相处,最后分手,拉玛加的儿子夭折,她也不知去向。绝望、凄楚的奥利维拉在塞纳河畔与一风尘女子调情、酗酒,被警察抓走,他的天堂梦最后破灭。奥利维拉回到人间的布宜诺斯艾利斯,与昔日的友人重逢,开始与过去的女友同居。由于和友人之妻的暧昧关系,担心友人报复,恐惧和悔恨由此而生,逐上窗台准备跳楼,是否跳了下去,书中未有交代。小说的第三部分"在其他地方",出现了一个叫莫雷利的人物,他的手稿被奥利维拉弄乱,这使奥利维拉非常害怕,莫雷利反而安慰他说,他的书可以随心所欲地读,不必受小说章节的束缚,也可读那些感兴趣的部分。为了读者阅读的方便,作家告知读者的阅读方法:第一种是顺着次序阅读,读到第56章结束,后面的可以不读;第二种是从第73章开始阅读,然后按小说开头给出的阅读表来阅读:"73—1—2—116—3—84—4—71……"作家甚至要求读者从其他章节读起,参与到作家的创作中,读者不再像传统小说那样被动地接受,而是与作家共同创作,成为作家的共谋。小说的结尾是开放性的,奥利维拉是否跳楼自杀,作家没有明说,给读者一个想象的空间,也使小说具有一种不确定性。此外,小说的叙事形式是碎片性的,没有中心情节、连贯的故事;跳跃式的叙事改变了传统小说的时空结构,为小说留下了空白。因此,一些评论家认为,《跳房子》是一部后现代主义小说。

第九章 现实主义文学

3. 卡洛斯·富恩特斯（Carlos Fuentes, 1928— ）墨西哥作家。其父出任驻巴拿马使馆商务参赞时在该国出生。自幼随父在巴西、阿根廷、乌拉圭、厄瓜多尔、智利、美国等地度过他的童年、少年时代。他的学习生涯是从4岁时在华盛顿学习英语开始的，在墨西哥国立大学攻读法律，在智利继续就读，在日内瓦完成学业。1955年开始文学创作，曾主编《旁观者》杂志，与友

卡洛斯·富恩特斯

人创办《墨西哥文学杂志》，担任政治记者，1957年起任墨西哥驻法国大使。在从事外交和编辑工作之余进行文学创作，小说《阿尔特米奥·克鲁斯之死》（*La muerte de Artemio Cruz*, 1962）就是在古巴担任记者时写成的。他还出版过长篇小说《最明净的地区》（*La región transparente*, 1958）、《换皮》（*Cambio de piel*, 1967）、《我们的土地》（*Terra nostra*, 1975）、《遥远的家族》（*Una familia lejana*, 1980）和中篇小说、戏剧、散文、文学论著等。由于在文学创作上的杰出成就，1984年荣膺墨西哥国家文学奖、1987年西班牙塞万提斯文学奖和1994年西班牙王室颁发的阿斯图里亚斯王子文学奖。

《阿尔特米奥·克鲁斯之死》描绘了在1910年墨西哥革命中和革命后农民阿尔特米奥·克鲁斯的一生。克鲁斯是一个私生子，他在黑奴卢内罗的呵护下成长。由于庄园主易人，新庄园主要把卢内罗转让给他人。克鲁斯为了保护他的恩人枪杀了新庄园主，投奔了农民起义军。克鲁斯一生中有三个女人，他的第一个女人蕾希娜爱他爱得极为深沉，他的部队开到哪里，她就在哪里出现。不幸的是蕾希娜被联邦军（政府军）俘获，后被绞死。克鲁斯率领的一支由18人组成的队伍遭到另一支比利亚领导的起义军的袭击，他在战斗中被俘。在狱中认识了前来向比利亚劝降的贡萨洛斯，在后者行刑前向克鲁斯透露了他的身世和家庭情况。克鲁斯的部队发起了攻势，在混乱中克鲁斯逃出了虎口。后来，部队被遣散了，克鲁斯无家可归，只得投奔狱中难友贡萨洛斯的父亲。贡萨洛斯的父亲热情地款待了克鲁斯，为了维持这个家和他女儿卡塔琳娜的前

途,不得不把克鲁斯作为他的继承人。卡塔琳娜则怀疑克鲁斯出卖了她的哥哥贡萨洛斯,她嫁给他就是要为她的哥哥报仇,拥抱他,但不给他爱,要把他拖死。他的第3个女人是他包养的情人莉莉娅,他与莉莉娅毫无感情可言,她只是他的玩物,解闷、发泄的工具。克鲁斯虽然在情场上失败,但在商场上却叱咤风云,当了议员,成为50年代墨西哥新闻界的大亨。他腰缠万贯,但在生活中却没有爱,最后在痛苦、孤寂中死去。这3个女人代表了克鲁斯一生中3个不同的阶段:蕾希娜热情、豪放,忠于爱情,不顾一切地追随他。这时的克鲁斯具有普通农民的品质:淳朴、正直。他与卡塔琳娜的结合标志着他在人生道路上的转折,他已不是昔日的农民了,是上层社会的头面人物。莉莉娅象征着他精神的空虚,生活的腐化、堕落。作家通过3个不同类型的女性,揭示了克鲁斯如何从一个一无所有的农民,成为能影响政府决策的实力人物,又如何从一个善良的人变成了恶势力的代言人。

全书以时间为标题分成12个部分,以克鲁斯临终前的回忆开始,时间颠倒,情节不按时间的顺序展开。在每个标题中都有"我"、"你"、"他"3种人称的叙述,"我"由克鲁斯本人在病床上叙述他现在的感受和心理活动;"他"则以旁白的形式,由作家来叙述他的过去和经历;"你"对当时的事和物进行带哲理性的评论。作家运用新颖的手法和技巧,成功地塑造了一个新兴资产阶级的形象。

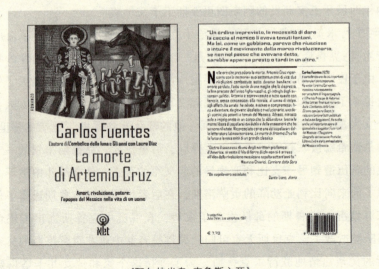

《阿尔特米奥·克鲁斯之死》

4. 何塞·多诺索（José Donoso, 1924—1996）智利作家，生于首都圣地亚哥。家境富有，父亲是著名律师，但他从小性格叛逆，不愿遵守校规，逃学，甚至被学校开除。勉强念完中学后再也不肯上学了，自谋职业，在任何地方干不满半年就被辞退。有一次，竟然买了一张开往麦哲伦海峡三等舱的船票，去潘帕斯草原当牧羊人了。他辗转到阿根廷首都布宜诺斯艾利斯，积蓄花光后在码头上干体力活，一直到得了麻疹后被父母接回圣地亚哥。多诺索真正开始他的学习生涯是在23岁中学毕业之后，先进了智利大学师范学院，后入了美国普林斯顿大学。大学期间，在杂志上发表短篇小说，收入在一部名为《智利新故事选》的短篇小说集中，1958年他的第一部长篇小说《加冕礼》（*Coronación*）问世。之后在阿根廷生活了两年，结识了诺贝尔文学奖得主阿斯图里亚斯，1962年在智利康塞普西翁的知识分子大会上认识了更多的拉美著名作家，与墨西哥作家富恩特斯结下了深厚的友谊，他的小说《没有界限的地方》（*El lugar sin límites*，1967）就是在富恩特斯家中写就的。在此前一年还发表了《这个星期天》（*Este domingo*，1966），但使他成名的是他的长篇巨制《淫秽的夜鸟》（*El obsceno pájaro de la noche*，1969）。这部小说是作家从1963年在美国的依阿华大学"作者车间"开始酝酿的，8年后才完成此书。从70年代起作

何塞·多诺索

《加冕礼》　　　　　　　　　《淫秽的夜鸟》

家长期居住在西班牙，1996年在他的祖国逝世。

　　《淫秽的夜鸟》是一部非常奇特的小说，多条情节线索并行展开，感觉、视觉、幻觉交叉，多重时空重叠，形成错综复杂的迷宫。小说中有两个世界，一个是现实的世界，另一个是魔幻的世界，人们称之为鬼怪的世界。在现实世界中参议员赫罗尼莫有权有势，拥有一切，甚至相貌堂堂，但他缺少男人的阳刚之气：阳痿，这意味着他的家族命中注定将要灭亡。然而，他还是与美丽的妻子伊内丝生下了儿子博埃，博埃长相奇丑，上唇豁开，腭部和鼻子露出骨头，脸上有一条深沟，惨不忍睹。为了不让世人看到他的儿子，赫罗尼莫为他建立了另一个世界：林孔那塔，那就是鬼怪的世界。在那个世界里，丑不为怪，正常反而为怪了。在那里，现实世界的世事完全颠倒了过来。温贝托来到了那个鬼怪的世界，他原是赫罗尼莫的秘书，在一次抗议贿选的游行中，为掩护赫罗尼莫而受伤，为赫罗尼莫赢得了政治上的好处。为了满足赫罗尼莫的妻子伊内丝的性欲，他充当了她的性工具，但伊内丝只把他当作玩物，不承认他的身份，只接受他的性器官。本想利用性作为向上爬的武器的温贝托，美好的企图落了空，一怒之下不再开口，当了哑巴。温贝托来到那些丑人之间，在他们的眼里他是个丑八怪、不正常的人。赫罗尼莫也不放过温贝托，因为他曾沾

被智利军人推翻的总统萨尔瓦多·阿连德

过他的女人。他借助巫师、医生为温贝托切除胃溃疡手术时,切除了他体内百分之八十的内脏,而把那些丑人的器官移植到他的体内,使他的机体和丑人的器官混杂,要把他变成丑八怪,还割去了他的性器官。于是温贝托逃进了修道院,成了收容老妇人和孤儿的教堂里的杂役。

温贝托从林孔那塔失踪多年后,赫罗尼莫来看望他的儿子博埃,最后在走投无路中疯了,淹死在水潭中;博埃也从鬼怪世界中清醒,感到非常痛苦,希望能像植物人那样生活;伊内丝也逃入了同一所修道院。突然间,不知从何时何地向修道院运来了500个矮瓜,堆满了整个修道院,修道院也将在推土机的轰鸣声中夷为平地。

修道院将被推平,象征着赫罗尼莫之类的统治阶级赖以生存的基础将化为乌有,预示着一种剥削制度的毁灭。温贝托出身低微,企图攀附权贵,进入上层社会,但社会的不公正、不平等为他设置了障碍,限制了他向上爬的野心,最后只能变成哑巴,任人宰割。现实,无论是对赫罗尼莫这样的富人,还是对温贝托这样的穷人,都终究是残酷的。

5. 阿尔瓦罗·穆蒂斯(Alvaro Mutis, 1923—   )哥伦比亚作家,生于首都波哥大。少年时曾随外交官父亲在欧洲生活,9岁丧父;青年时期被墨西哥当局关押在狱中。穆蒂斯曾从事各种职业:杂志编辑、电台播音员、电视台和电影制片公司以及石油、航空公司公关负责人。穆蒂斯的文学生涯始于诗歌创作,他的第一部诗歌是与友人卡洛斯·帕蒂诺合作出版的《天平》(*La balanza*, 1947),接着发表了第二部诗集《灾难的要素》(*Los elementos del desastre*, 1953)和长诗《海外医院记述》(*Reseña de los hospitales de ultramar*, 1959),在《灾难的要素》中出现了贯穿在他的其他作品中的人物马克洛尔。1960年在墨西哥狱中完成了散文《莱孔贝

阿尔瓦罗·穆蒂斯

里的日记》(*Diario de Lecumberri*)和《失掉的工作》(*Los trabajos perdidos*, 1961)，1973年出版了小说《阿劳开玛居所》(*La mansión de Araucaíma*)，在西班牙发表了诗歌《航海瞭望员马克洛尔总集》(*Summa de Magroll el gaviero*)，后又陆续出版了一些诗歌，和《将军雪》(*La nieve del Almirante*, 1986)、《船只的梦想者阿卜杜尔·巴苏尔》(*Abdul Bashur, soñador de navíos*, 1991)等小说。1983年获得了哥伦比亚国家文学奖，2001年荣膺西班牙的塞万提斯文学奖。

穆蒂斯是位诗人，所以他的小说充满了诗歌般的语言，他塑造的主人公马克洛尔，虽然漂泊、冒险、孤寂、梦魇、绝望，但彰显了生命挣扎的活力。然而，南美的原始森林、莽莽的群山、湍急的河流给人带来的却是生活的痛苦、死亡的宿命。《将军雪》中的马克洛尔以日记的形式写下了他在苏兰托河的旅程。人称航海瞭望员的马克洛尔只是一个生意人，乘船前往锯木场贩运木材，在旅途中得了重病，却奇迹般地活了下来。到了锯木场后发现它已成了军人的哨所，差点儿在军人手里丧了命。他这次做生意的旅行变成了冒险的历程，日日孤寂、夜夜长梦耗尽了他的生命，带着希望而来，却绝望而归；货船的船长醉生梦死，生的痛苦已将他击倒，整日以酒消愁，一旦离开了酒，生命也随之而去，用自缢了却了余生；领航员和一位斯拉夫人在汹涌的苏兰托河上走私、抢劫，被军人活捉后枪决，被掩埋在大森林中；轮机手和新的领航员在天使隘滚滚而下的洪流中丧生。热带雨林美丽的景色依旧，斯人何在？马克洛尔离开了锯木场后被人用水上飞机救走，逃此一劫，以后如何安生，难道能在生命的挣扎中逃脱死亡的宿命？

十、后"文学爆炸"中的小说

"文学爆炸"和后"文学爆炸"并不仅仅是时间的概念,后"文学爆炸"作家虽然在年龄上相对于"文学爆炸"作家要年轻一些,但也不尽然,像阿根廷的曼努埃尔·普依格、墨西哥的德尔·帕索和塞尔西奥·比托尔与"文学爆炸"作家的年龄相差无几。后"文学爆炸"与"文学爆炸"的最大差别在于前者对古巴的激情已荡然无存,对古巴政府对持不同政见者的做法极为反感,他们要重新看待古巴,重新评价古巴。70年代拉美政治形势的逆转、倒退,使作家们信心丧失,前途渺茫,理想破灭。因此,他们在创作上向内转,更多的是寻找自我,发泄内心的苦闷,表述人生的感触,对祖国前途、民族命运的关切心情在淡化、弱化,不再像60年代作家那样以社会问题和政治问题为其作品的主题或创作题材。这种政治局势的向右转,引发作家创作的向内转,是后"文学爆炸"不同于"文学爆炸"的重要变化。但不能笼统地说后"文学爆炸"作家不再关注社会,有些作家依然对社会问题有着极大的热情,只是在表述的视角上已不同于"文学爆炸"作家了。

自由的女性

曼努埃尔·普伊格

1. **曼努埃尔·普伊格**（Manuel Puig, 1932—1990）阿根廷作家，生于布宜诺斯艾利斯省的赫内拉尔·比耶卡斯市。早先在布宜诺斯艾利斯大学攻读建筑和哲学，1956年赴罗马大学学习电影导演专业，后侨居美国和欧洲，从事电影剧本创作和电影拍摄。60年代末开始文学创作，他的第一部小说《丽塔·海华丝的背叛》（*La traición de Rita Hayworth*）发表于1968年，之后陆续创作了长篇小说近十部，较为著名的有：《红红的小嘴巴》（*Boquitas pintadas*，1969）、《布宜诺斯艾利斯案件》（*The Buenos Aires affaire*，1973）、《蜘蛛女之吻》（*El beso de la mujer araña*，1976）、《天使的阴阜》（*Pubis angelical*，1979）、《情爱的血》（*Sangre de amor correspondido*，1982）、《热带夜幕降临》（*Cae la noche tropical*，1988）等小说。

《蜘蛛女之吻》是作家的代表作，全书16章，前8章为两名狱中犯人的对话，他们是同性恋者莫里纳，当局安插在狱中的密探，同室难友、政治犯瓦伦丁，在反独裁的革命活动中被捕入狱。为了消磨时间，莫里纳给瓦伦丁讲述了6个电影故事。在叙述的过程中，他们时而谈论个人往事，时而对电影中的人物品头论足，逐渐展现他们自己的内心世界。莫里纳向瓦伦丁敞开了心扉，具体而微地述说了同性恋者的心理感受。瓦伦丁也很同情莫里纳，视他为知己。一天，莫里纳被典狱长召去，从莫里纳嘴里得不到任何有关瓦伦丁的情报，于是让他第二天出狱。莫里纳把他出狱的

《丽塔·海华丝的背叛》

消息告诉了瓦伦丁，瓦伦丁为他高兴，同时希望他出狱后给地下组织捎个口信，但莫里纳颇感为难，他不想再次踏进监狱的大门。出于他的良知和对瓦伦丁的友情，莫里纳决定出狱后与地下组织取得联系，但要求瓦伦丁给他一个吻，亲吻之后莫里纳恋恋不舍地离开了瓦伦丁。

蜘蛛女是莫里纳心中一个外表冷漠、内心热烈的女人形象，是他看过的那些电影故事在他性压抑中形成的情结。通过对莫里纳同性恋的描写，展示了人的性压抑和社会对人性的摧残。作家把人的性欲暴露在光天化日之下，从而达到抨击社会弊病的目的。他的《布宜诺斯艾利斯案件》出版后被视为色情小说而遭查禁。然而，《蜘蛛女之吻》在性爱描写上并不亚于《布宜诺斯艾利斯案件》，这是作家从性这一独特的视角出发，真实、深刻地揭示了阿根廷社会中人们的精神危机，表现了作家参与社会、关心现实的社会意识。

作家于1990年病逝于墨西哥首都墨西哥城。

2. 费尔南多·德尔·帕索（Fernando del Paso, 1935— ）墨西哥作家，生于首都墨西哥城。在大学里学习生物学、医学和经济学，后从事新闻工作，曾担任过外交官。早年喜欢写诗和绘画，出版过诗集《日常事物的十四行诗》(1958)，从1966年起开始创作小说，已发表的长篇小说有《何塞·特里戈》(*José Trigo*, 1966)、《墨西哥的帕利努罗》(*Palinuro de México*, 1977) 又译作《墨西哥龙虾》、《帝国轶闻》(*Noticias del Imperio*, 1988)。

《何塞·特里戈》的主人公何塞·特里戈住在首都北部的贫民窟里，他原是农民，因生活所迫，不得已离开了自己的土地，来到城市谋生。1960年铁路工人举行大罢工，特里戈也参加了工会领导下的各种活动和斗争。由于政府当局对罢工的镇压，罢工最终失败了，他们居住的贫民窟也被拆毁，特里戈和工人们流离失所，流落街头。这部小说获得了墨西哥乌鲁蒂亚文学奖。

费尔南多·德尔·帕索

《墨西哥的帕利努罗》讲述的是1968年在首都墨西哥城三文化广场发生的惨案。一些大学举行示威游行，要求民主、大学自治和保障师生的政治权利，却遭到军队的残酷镇压，造成死伤千余人的惨案。主人公帕利努罗是大学医学系的学生，也死于军队的屠刀下。作家假借他的幽灵漫游世界，嘲讽时政，揭露社会的丑恶。小说再现了这一惨案，抨击了反动政府的反人民本质。《墨西哥的帕利努罗》获得了委内瑞拉的罗慕洛·加列戈斯国际小说奖。

《墨西哥的帕利努罗》

《帝国轶闻》是一部历史小说，叙述了奥地利马克西米利亚诺大公，在拿破仑的支持下在墨西哥称帝的历史，展示了法国傀儡、墨西哥第二帝国皇帝马克西米利亚诺和墨西哥总统华雷斯之间侵略与反侵略的斗争。《帝国轶闻》中的12章是马克西米利亚诺的妻子卡洛塔的叙述，用意识流的手法表达她对世事的感受；另11章是皇帝与总统之争的1864年墨西哥断代史，用编年史的形式记述了历史的史实。这两种叙述方式的组合形成一种复调结构。卡洛塔出身名门，血统高贵，权力煊赫，她为了实现马克西米利亚诺的皇帝梦，随同丈夫来到墨西哥，她丈夫的皇帝宝座还未坐稳，就被墨西哥人民打翻在地，她也因此发了疯，长年隐居在她的欧洲城堡里。在皇帝与总统的角逐中，马克西米利亚诺自视来墨西哥为人民造福，但他生活糜烂，挥金如土，最后被墨西哥人民活捉，被判处死刑，临死前还高喊"墨西哥万岁"，这不啻是对外来侵略者的嘲讽。这部小说结构复杂，内容丰富，知识密集，还涉及欧洲的政治制度、经济现状、伦理道德、哲学和当时的社会现象。

帕索是一位很有个性的作家，在创作中不受他人影响，走自己的路。人们常将他看作后"文学爆炸"中横空出世的一颗新星。其实，帕索在60年代便小有名气，也获得颇有知名度的奖项，但在"文学爆炸"的光辉年代里，文学大师们的辉煌遮住了他的光亮，致使像帕索这样有为的文学青年未能展露他们的头角，取得他们应有的文学地位。

3. 阿尔弗雷多·波里塞·埃切尼克

阿尔弗雷多·波里塞·埃切尼克

(Alfredo Bryce Echenique, 1939—) 秘鲁作家，生于首都利马。毕业于秘鲁圣马科斯大学，获得律师头衔，在法国巴黎大学取得博士学位，从此侨居法国，曾在一些大学教授拉美文学。1984年在西班牙首都马德里定居，为墨西哥的《太阳报》、西班牙的《国家报》和《ABC》撰稿。1967年开始从事文学创作活动，他的第一部长篇小说《为胡利乌斯准备的世界》(Un mundo para Julius, 1971) 一经发表便轰动拉美文坛。小说讲述了一个生活在大资产阶级家庭的青年胡利乌斯的成长史。他父亲是位亿万富翁，但他对父亲没有什么印象，因为他出世不久父亲便去世了。母亲也早已嫁人，与另外一个富翁过着花天酒地的生活，照料他生活的是保姆和家庭女教师，保姆是他情感的支柱，从她那儿才得到温暖和爱。随着年龄的增长，他感受到资产阶级上层社会弥漫着人际虚伪的温情，掩饰着尔虞我诈的无情。他虽然生活富足，但内心深处的惆怅和孤寂如影随形般与他共生。他出身名门，曾祖父当过共和国的总统，祖父是金融界的大鳄、政治寡头的领袖，父亲也是财界的精英，在这样的光环下也无法排遣他的苦闷和惆怅。这部小说塑造了一个混迹于资产阶级社会的青年形象，他孤独、无奈，在长夜中啜泣，但不愿同流合污、沉沦，用疑惑的眼光旁观他身处的社会，感受到这个阶级的腐败、丑恶。

作家出身于大资产阶级家庭，了解这个阶级人们的性格和心理特征，能够入木三分地揭示他们行为的轨迹，他的长篇小说《死不悔改的佩德罗》(Tantas veces Pedro, 1977)、《马丁·鲁马尼亚的放浪生涯》(La vida exagerada de Martín Romaña, 1981)、《谈论奥克塔维亚·德·卡迪斯的人》(El hombre hablaba de Octavia de Cádiz, 1985) 和《费利佩·卡里约的最后搬迁》(La última mudanza de Felipe Calillo, 1988)，从道德、伦理、爱情等方面对资产阶级进行深刻的剖析，尤其是作家语言的幽默，使小说熠熠生辉。

4. 安东尼奥·斯卡尔梅达（Antonio Skármeta, 1940— ）智利作家，生于智利北部安托法加斯塔，原籍南斯拉夫。青年时代在智利大学攻读哲学，后赴美学习文学。1970年9月阿连德领导的智利人民团结阵线在大选中获胜，支持阿连德的斯卡尔梅达在政府中任职。1973年9月11日皮诺切特将军发动军事政变，阿连德总统在捍卫民主政府的战斗中殉职，斯卡尔梅达被迫流亡国外，先去了阿根廷，后移居德国。他的文学创作始于60年代，先后出版了《激情》（*El entusiasmo*, 1967）、《屋顶上的裸者》（*Desnudo en el tejedo*, 1969），后者获得古巴"美洲之家"文学奖，他的长篇小说也陆续问世：《我梦见雪在燃烧》（*Soné que la nieve ardía*, 1975）、《什么也没有发生》（*No pasó nada*, 1978）、《叛乱》（*La insurrección*, 1982）、《灼热的忍耐》（*Ardiéndote paciencia*, 1985）。

安东尼奥·斯卡尔梅达

《叛乱》是斯卡尔梅达的一部重要作品，传达了作家对未来的困惑和对社会现实的思考。尼加拉瓜独裁政权索摩查家族父子三人（父：加西亚·索摩查、长子：路易斯·索摩查、次子：安纳斯塔西奥·索摩查）均为尼加拉瓜总统，统治尼加拉瓜数十年。在他们长期统治下，民不聊生，迫使民众揭竿而起，走上了叛逆的道路。小说描写了生活在城市莱昂的人们，他们善良、安分，但生活艰难、困苦。城中的一位老人安东尼奥失业了，生活陷入了窘境。他育有一儿一女，儿子阿古斯丁参加了步兵基础训练学校，将成为效忠独裁者的士兵；女儿维基是医学院的学生，因与反独裁者的桑地诺民族解放阵线诗人莱昂诺尔相爱而遭学校开除。独裁者的高压统治终于激起了民众的反抗，城市笼罩在血雨腥风之中。他们自发组织起来，与桑地诺民族解放阵线共同作战，展开了反对独裁者的"叛乱"。在"叛乱"中，维基作为人质被抓；阿古斯丁在镇压"叛乱"中觉醒，却倒在了血泊之中。独裁统治被推翻了，人民胜利了，维基和莱昂诺尔在胜利中重逢,他们今后将如何生活,人们将走向何方,将是他们今后的抉择。

《聂鲁达的邮递员》是斯卡尔梅达的又一力作,小说叙述了一个伟大诗人和普通邮递员从相识到神交的故事。邮递员马里奥每次为诗人聂鲁达送信时,都有着想请诗人签名的冲动,在几次交往中,他的愿望不仅实现了,还成为诗人的好朋友,甚至把埋藏在心里的话也向诗人倾诉。马里奥爱上了一个漂亮的姑娘,却遭到姑娘母亲的反对,在聂鲁达的帮助下,有情人总成眷属。小说最令人感动的是,马里奥见证了诗人人生走向高峰和坠入低谷的最后历程:马里奥首先给他带来了诗人获得诺贝尔文学奖的喜讯;在阿连德总统被军事政变的军人杀害后,诗人也被囚禁在黑岛的家中,马里奥将声援诗人的信件和墨西哥政府准备接纳诗人避难的邀请信,拆阅后牢记心中,然后潜入到诗人家里,毫厘不爽地向诗人陈述信的内容,这让诗人感动不已。

马里奥忘不了诗人对他的关心,诗人被阿连德政府任命为驻法大使后写信给他,诉说当大使的艰辛,还给他寄去了一台收音机;马里奥更记得诗人与渔民们在咖啡馆里促膝长谈。诗人的离去是马里奥永远的痛,他亲历了诗人的最后岁月,诗人在病中的绝望、他们在瓦砾中为诗人守灵都将铭刻在他的心里。这部小说记录了聂鲁达最后的日子,弥足珍贵,它是对阿连德总统的怀念,也是对以皮诺切特将军为首的军人的军事政变的抨击。

人民游行支持阿连德竞选总统

塞尔希奥·拉米雷斯·梅尔卡多

5. 塞尔希奥·拉米雷斯·梅尔卡多（Sergio Ramírez Mercado, 1942— ）尼加拉瓜作家，出生于马萨特佩的一个小农家庭。在尼加拉瓜的莱昂大学攻读法律，创立"窗口"文学团体和同名的杂志。毕业后从事学生运动，曾留学美国和德国，获得法学博士学位，出任中美洲大学联合会总书记，因遭独裁者索摩查的迫害，流亡哥斯达黎加和美国。1977年加入桑地诺民族解放阵线，成为"12人集团"的主要人员。1978年任反对派广泛阵线的"三人"委员会成员，负责筹集资金和国际声援工作。1979年革命胜利后，任民族复兴政府执行委员会成员。1985年出任尼加拉瓜副总统，1990年卸任。

拉米雷斯于1970年发表第一部长篇小说《光辉的年代》（*Tiempo de fulgor*），在德国完成他的第二部长篇小说《你害怕流血吗？》（*Te dió miedo la sangre?*, 1977）。在他任副总统工作繁忙之余，创作了他的代表作、长篇小说《天谴》（*Castigo divino*, 1988）。《天谴》全书分为4部分48章和一个结尾，以1933年尼加拉瓜发生的事件为背景，描写了激烈的独裁和反独裁的斗争。就在这一年，胡安·巴蒂斯塔·萨卡沙当选总统，与后来的独裁者、担任国民警卫队司令的加西亚·索摩查发生冲突，被迫辞职；在他行使总统职权期间，曾与游击队领导人、尼加拉瓜民族英雄桑地诺和平谈判，次年2月桑地诺被加西亚·索摩查杀害。从此，索摩查家族开始了对尼加拉瓜长达40年的独裁统治。小说通过在尼加拉瓜城市莱昂发生的一起3人连续死亡的事件，描写了进步律师卡斯塔涅达被无端指控为杀人凶手。法院在审理这起案件时，发现卡斯塔涅达是危地马拉进步律师，他曾在危地马拉组织反对党，偷运武器，散发号召举行反政府示威游行的传单。他的行动为危地马拉独裁者豪尔赫·乌维科所嫉恨，后者勾结尼加拉瓜独裁者加西亚·索摩查陷害卡斯塔涅达。在法官经过近三个月审讯无果的情况下，他们导演了一个国民警卫队奥蒂斯上尉"假越狱"的阴谋，诱使卡斯塔涅达落入当局预设的圈套中。这是由两个国家的独裁者共同策划的一起"政治谋杀案"。

《天谴》中的"卡斯塔涅达案"是一起真实的案件，书中的一些人物是真实的，书中引用的档案、审讯记录、证人证言、验尸报告、书信密札、剪报材料、作家本人对当事人的采访记录都是真实的，作家把真人、真实的材料作为创作素材纳入到他的叙事架构中，运用插叙、倒叙、时空倒错等创作技巧，使现实与虚构混杂在一起，真假难分，虚实莫辨，营造一种扑朔迷离的氛围。小说一经发表，就被第一届世界侦探文学作家大会授予拉米雷斯最高文学奖"哈梅特"奖。虽然《天谴》设有悬念等侦探小说的元素，但他的意义远远超出了侦探文学的范畴，可与"文学爆炸"大师们的小说相媲美。

《天谴》

6. 伊萨贝尔·阿连德 (Isabel Allende, 1942—) 智利女作家,生于秘鲁首都利马,为已故智利总统萨尔瓦多·阿连德的侄女。其父为外交官,3岁时父母离异,随母返回智利,寄居于外祖父家,童年深受外祖母神秘主义的影响。其母改嫁外交官拉蒙,母女随拉蒙常驻国外,丰富了她的阅历。16岁在联合国粮农组织驻智利机构担任秘书,一年后投身于新闻界,开始她的记者生涯。1970年萨尔瓦多·阿连德在总统竞选中获胜,出任智利总统。1973年智利军人皮诺切特发动军事政变,阿连德在与军人激战中英勇牺牲。他的侄女伊萨贝尔·阿连德也受到监视、跟踪,生活陷入了困境,1975年流亡委内瑞拉。

伊萨贝尔·阿连德的长篇小说《幽灵之家》(*La casa de los espíritus*)于1982年出版,是一部气势恢弘的全景式小说。小说中的人物有六十多人,小说的背景为20世纪初至1973年一个国家风云变幻的历史,时间跨度为七十多年,涉及了社会中各种事件:金矿开发、农村振兴、学生运动、党派之争、总统大选、土地改革、经济混乱、军事政变、白色恐怖等,虽然作家未指出事件发生的所在国,但明眼人一看便知该国是智利。因为围绕军事政变前后的总统选举和军事政变的篇幅约占全书的三分之一,书中提及的"总统"便是萨尔瓦多·阿连德,"政变头目"即是皮诺切特,"诗人"显然是聂鲁达。小说叙述了大庄园主埃斯特万·特鲁埃瓦一家的兴衰史。特鲁埃瓦具有

伊萨贝尔·阿连德

第九章 现实主义文学

《幽灵之家》

《爱情与阴影》

常人不备的勇气和眼光,在拉美国家经济发展的初期,他不畏艰险,深入到荒无人烟的北方开采金矿,大力振兴中央谷地的农村。随着事业的成功,他的暴躁脾气更加暴戾,政治上走向反动,成为极端的保守派。特鲁埃瓦虽然为人专横,但也有人性善的一面,他对爱的执著、对外孙女阿尔芭的呵护都是他生活中的闪光点。《幽灵之家》是外孙女与外祖父特鲁埃瓦讲述的故事,阿尔芭着重叙述具体的事件,她的外祖父作为当事人表白当时的思想和感情。小说中的外祖母拉腊是个魔幻式的人物,她具有心灵感应的超感官能力,能与身处异地的亲友沟通;具有超常的意念,可以用意念移动盐瓶等器皿;她生能与鬼魂对话,死能与生者来往;她还有预卜吉凶祸福的特异功能。这种魔幻色彩,在她的第二部小说《爱情与阴影》(*De amor y de sombra*,1984)得到进一步强化,小说中的癫痫女病人发病时竟然能使房屋颤动、摇晃,家具跳动,禽畜乱飞。老百姓称她为"圣女",而军方视她为"妖女",并将她逮捕、杀害。拉美的魔幻现实主义在女作家的笔下得到了充分的展现,她被称为"穿裙子的加西亚·马尔克斯"。她后来创作的小说《夏娃·鲁娜的故事》(*Cuentos de Eva Luna*,1987)和《无限的计划》(*El plan infinto*,1991)着重个人命运的遭际和精神危机,更贴近现实的生活。

塞尔希奥·比托尔

7. **塞尔希奥·比托尔**（Sergio Pitor, 1939— ）墨西哥作家，生于普埃布拉市。父母早亡，仰仗亲戚抚养。毕业于墨西哥国立自治大学，后从事外交工作，曾任驻法、俄等国外交使节，1989年回国后任墨西哥国立自治大学文学研究所研究员、教授，荣获的重要奖项有：1981年的墨西哥乌鲁蒂亚文学奖、西班牙塞万提斯文学奖（2005）。现为墨西哥语言学院院士，墨西哥国立自治大学名誉教授，曾两次访问中国。比托尔在国外任职期间，便致力于文学创作和翻译，他译过英美名家如亨利·詹姆斯、康拉德、奥斯汀、凡尔纳等人的小说，创作的小说有：《临近的时间》（*Tiempo cercado*, 1959）、《众人的地狱》（*Infierno de todos*, 1964）、《查无此地》（*No hay tal lugar*, 1967）、《夫妻生活》（*La vida conyugal*, 1991）等短篇小说集。

《夫妻生活》是一篇颇能反映作家创作理念的小说，平常、平凡、平庸是大多数人的生活状态，生活中的佼佼者毕竟寥若晨星。小说中的女主人公便是一位不甘寂寞、想出人头地的女子，她虽成婚，却不愿过普普通通的家庭生活，总要给生活激起一些浪花，这就是她的邪念在作祟，时而为了生活琐事与丈夫吵架，时而搞出一些浪漫的情事来。丈夫在商场的得意却为她的红杏出墙提供了条件，他的宴会、他的"棕榈世界"工程使她认识了更多的人，她的表弟、她邂逅的青年给了她销魂的夜晚，为了性的嗜好，甚至要谋杀她的亲夫，最后她的丈夫因涉嫌诈骗，他的公司破产，她回归贫穷，一切风平浪静后又过上了平庸、没有生气的生活。小说揭示了一个不安稳的知识女性，不甘心平庸，追求超出道德规范的享受，但社会现实和生活本身使她的欲望破灭。

第十章

巴西文学

巴西原首都里约热内卢

一、殖民时期文学

1500年,葡萄牙人卡布拉尔率领的船队抵达巴西,自此巴西沦为葡萄牙殖民地。船队的书记官佩罗·瓦兹·德·卡米尼亚 (Pero Vaz de Caminha,生平不详) 把船队的所见所闻记录下来,写成报告上呈国王,这就是历史上著名的《佩罗·瓦兹·德·卡米尼亚奏折》(*Carta de Pero Vaz de Caminha*)。这份充满激情的奏折对当地的自然风貌和土著居民进行了生动逼真的详细描述,使这一历史文献具有了鲜明的文学色彩,因此被视为巴西文学的开端。随后一些葡萄牙冒险家、历史学家和旅行者纷纷来到巴西,对他们的所见所闻进行报道;耶稣会教士也开始来到巴西,他们传播教义,写出了许多布道词和带有传教色彩的诗歌和戏剧。这样,报道性质的纪实文学和传播教义的耶稣教文学便成了巴西文学的起源。这一时期应该提及的人物是耶稣教文学的代表人物若泽·德·安希埃塔神父 (José de Anchieta, 1534—1597)。1553年他来到巴西传教,写下了大量的书信、布道词和诗歌以及宣传教义的短剧,是巴西文化的开拓者,被视为巴西最早的一位作家。

若泽·德·安希埃塔神父

第十章 巴西文学

本托·特谢拉

格雷戈里奥·德·马托斯

1581年至1640年,葡萄牙处于西班牙王室的统治之下。受西班牙夸饰主义文风的影响,巴罗克-贡戈拉派诗歌在葡萄牙文坛上风靡一时。这种文风自然也波及作为葡萄牙殖民地的巴西。

1601年,本托·特谢拉(Bento Teixeira,1561?—1618?)创作的史诗《拟声》(*Prosopopéia*)一书在葡萄牙出版,标志着巴西文学进入巴罗克时期。《拟声》所具有的文学价值并不高,但由于是第一部正式印刷出版的巴西文学作品,因此便以其历史价值而在巴西文学史上占有一席之地。

这一时期最重要的诗人当属格雷戈里奥·德·马托斯(Gregória de Matos,1633—1696)。马托斯写过爱情诗、抒情诗和宗教诗,然而其成就最高的作品是讽刺诗。金钱带来的罪恶、小市民的唯利是图、医生的不学无术、教士的伪善、贵族的虚荣、当权者的专横跋扈,无不受到他的辛辣讽刺,诗人因此而被称为"地狱的嘴巴"。由于他的讽刺诗涉及当时社会生活的各个领域,成为当时社会生活的逼真写照,因而成为研究那一时期社会生活的宝贵历史文献。马托斯具有较高的驾驭语言的能力,形成了自己独特的风格,不仅是巴罗克时期成就最高的诗人,也是巴西文学史上最重要的诗人之一。

安东尼奥·维埃拉神父

17世纪需要提及的另一个人物是安东尼奥·维埃拉神父（Antônio Vieira，1608—1697）。他一生写下六百余篇布道词和书信。他的布道词多以政治和社会问题为题材，思路清晰，论述缜密，对社会具有清醒而敏锐的洞察力。虽然内容多取材于某些具体事件，却能见微知著，以小寓大，使其具有普遍意义。丰富多彩的词汇、感情充沛的语言，加上雄辩、嘲讽、富于战斗性，更使其布道词别具一格。因为以上种种原因，安东尼奥·维埃拉神父被视为17世纪巴西最伟大的作家。

18世纪中期，随着采矿业的兴起，巴西的经济文化中心转移到米纳斯吉拉斯州。一些在葡萄牙接收高等教育的殷实人家子弟，受欧洲及葡萄牙的阿卡迪亚派（亦称新古典主义）诗歌的影响，主张诗歌要简洁明快，反对巴罗克-贡戈拉夸饰主义的诗歌。这些被称为"米纳斯吉拉斯州派"的诗人在接受欧洲和葡萄牙文学影响的同时，又把土著印第安人和巴西的自然景色作为题材写进他们的作品，在以神话为题材的诗歌和田园诗中染上了美洲本土主义色彩，从而使巴西文学出现了独立的倾向，巴西民族文学自此开始破土萌生。

这一时期的主要诗人有以下几位:

克拉乌迪奥·曼努埃尔·达·科斯塔

克拉乌迪奥·曼努埃尔·达·科斯塔（Cláudio Manuel da Costa, 1729—1789），1768年出版《诗集》（*Obras*）一书，此书的出版标志着巴西阿卡迪亚时期的开始。作为巴西第一位典型的阿卡迪亚派诗人，科斯塔的诗歌创作对同时代的其他诗人颇有影响。托马斯·安东尼奥·贡萨加（Tomás Antônio Gonzaga, 1744—1810），主要作品为抒情长诗《迪尔赛乌的玛丽莉娅》（*Marília de Dirceu*, 1792）。巴西利奥·达·加马（Basília da Gama, 1741—1795），被视为18世纪最杰出的一位诗人，主要作品是史诗《乌拉圭》（*O Uraguai*）。圣塔·里塔·杜朗（Santa Rita Durão, 1722—1784），主要作品为史诗《卡拉穆鲁》（*Caramuru*）。

二、浪漫主义时期文学

19世纪初叶，巴西民族意识日渐形成，要求独立的呼声日趋高涨。具有爱国主义和民族主义的巴西作家，从盛行于欧洲的浪漫主义文学中找到了用来反对葡萄牙阿卡迪亚文学的武器，而巴西这块美洲大陆又为浪漫主义文学的引入和发展提供了肥沃的土壤。浪漫主义文学运动在巴西的兴起，标志着巴西文学开始由殖民文学时期转向民族文学时期。

巴西的浪漫主义文学有如下三个鲜明的特征：

（1）浪漫主义作为文学解放运动与巴西的民族解放运动结合为一体，这种一致性使巴西浪漫主义文学具有鲜明的反葡爱国的民族主义特色，成为政治与社会斗争中的一种武器。（2）巴西的浪漫主义文学歌颂美洲大陆的自然风光，把印第安人作为反对葡萄牙殖民主义者的象征和民族自主的化身，从而使巴西浪漫主义文学成为一种欧洲浪漫主义程式和新生的美洲本土主义的混合体。（3）在文学体裁上不再是单一的诗歌创作，出现了小说与戏剧。在语言上开始使用通行于巴西的葡萄牙口语,以取代葡萄牙的葡萄牙语的文学语言,从而体现了巴西文学的独立性。

1. 浪漫主义诗歌

巴西浪漫主义诗歌经历了三个阶段,产生了三代具有不同特点的浪漫主义诗人。

1836年,贡萨尔维斯·德·马加良埃斯 (Gonçalves de Magalhães, 1811—1882) 与其他旅居法国的巴西友人共同创办了《尼特罗伊》杂志。同年,他在该杂志上发表了诗作《诗意的叹息和思念》 (Suspiros Poéticos e Saudades),标志着巴西文学进入了浪漫主义时期。贡萨尔维斯·德·马加良埃斯并不是一位杰出的诗人,而是一位把浪漫主义引入巴西的理论家。巴西第一代最杰出的诗人要首推贡萨尔维斯·迪亚斯 (Gonçalves Dias, 1823—1864)。他的父亲为葡萄牙白人,母亲是印第安人与黑人的混血儿。这位诗人的血管里流有构成巴西民族的三个主要种族的血液,其作品也反映了这三个不同种族人民的生活情景,因此他被看作是第一位真正的巴西诗人。在他的诗歌里,洋溢着对祖国深沉的爱,特别是他远离故土时,这种感情就更加强烈。1843年他在旅居葡萄牙时所创作的《流放之歌》 (Canção de Exílio) 就是一个明证。这首脍炙人口的诗作已成为传世的名篇。贡萨尔维斯·迪亚斯写过爱情抒情诗,也写过歌颂大自然的风光诗,然而给他带来不朽声誉的乃是他的描写印第安人的诗作,正是这些被称为"美洲诗歌"的作品为他赢得了"巴西民族诗人"的桂冠。在这些作品中,诗人满怀强烈的美洲本土主义的情感,讴歌了印第安人的质朴与刚强,赞颂了他们的忠贞不屈和勇于维护自己尊严的品质,抨击了白人殖民主义者的狡诈与虚伪,揭示了殖民主义的掠夺给印第安人带来的悲剧。这些作品雄劲有力,气势磅礴,韵律严谨,证明了贡萨

贡萨尔维斯·迪亚斯

尔维斯·迪亚斯不仅无愧于第一位真正的巴西诗人的称号,而且也是巴西文学史上最杰出的诗人之一。

19世纪50年代之后,巴西社会进入了一个相对稳定时期,产生了第二代浪漫主义诗人。当时巴西诗坛流行着一种以忧郁失望、逃避现实和悲观厌世为特征的所谓"世纪病",这一代诗人几乎都染上了这种"疾病"。这一代诗人多为年轻的大学生,他们放荡不羁,常以酗酒和无节制的狂欢来对付"世纪病"的侵扰。正是这种恣意放纵的生活方式,使他们中多数人年纪轻轻便离开了人世。这批年轻诗人虽颇具才华,在语言和风格上有所创新,但他们的诗歌体裁狭窄,脱离社会实际,主要是抒发个人情感,对伤感、幻灭、病态和死亡进行夸张,作品情调未免低沉消极。第二代浪漫主义诗歌历时十年左右,主要代表人物是阿尔瓦雷斯·德·阿塞维多(Álvares de Azevedo,1831—1852)、卡济米罗·德·阿布雷乌(Casimiro de Abreu,1839—1860)、戒克拉·弗雷雷(Junqueira Freire,1831—1855)和法贡德斯·瓦雷拉(Fagundes Varela,1841—1875)。

戒克拉·弗雷雷

卡济米罗·德·阿布雷乌

阿尔瓦雷斯·德·阿塞维多

卡斯特罗·阿尔维斯

19世纪60年代，巴西第三代浪漫主义诗人开始崛起。在经历了一个短暂的相对稳定时期之后，巴西社会再次发生动荡，推翻帝制、废除黑人奴隶制的运动方兴未艾，如火如荼。第三代浪漫主义诗人摆脱了"世纪病"的影响，他们面对现实，关心社会，以诗歌为武器，志在唤起和鼓励人民为争取民主与自由而斗争。他们自称"山鹰派"，主张诗歌应该像安第斯山的猛禽山鹰一样自由翱翔于蓝天上。激烈的雄辩、深沉的情感和铿锵的节奏，构成了这一代浪漫主义诗人作品的特点。乐观与明快的色彩、追求民主与自由的精神，体现了这一代浪漫主义诗人的健康和革命的倾向。其代表人物无疑当属卡斯特罗·阿尔维斯 (Castro Alves, 1847—1871)。在巴西，他的名字一直为人民所传颂，是巴西人民最喜爱和最崇拜的诗人之一。卡斯特罗·阿尔维斯生活的时代，正处于巴西人民争取实现共和制和废除黑人奴隶制的斗争蓬勃发展之际。一个仅仅活了24岁的青年诗人在巴西享有如此高的声誉，一方面固然是因为他才华出众，但更重要的是，生活在巴西社会矛盾异常尖锐的时期，他能以诗歌为武器，坚定地站在进步力量一边，勇敢地向黑暗势力挑战，成为一名"不着军装的战士"，把自己的才能贡献给了自由、民主和正义事业。从17岁还在大学读书时，他就积极参加各种集会、示威等进步的政治活动，发表热情奔放的演说，为群众朗诵即席创作的诗歌。他以诗歌为武器，猛烈抨击黑人奴隶制度的黑暗，写下了《非洲之声》(Vozes d'Africa)、《黑奴船》(Navio Negreiro)、《奴隶们》(Os Escravos)、《奴隶的母亲》(A Mãe do Cativo) 等一系列充满战斗激情的诗篇，揭示了黑人奴隶的悲惨遭遇及其精神和肉体所承受的巨大痛苦。他把黑人看作自己的兄弟，认为黑人的解放乃是天赋的权利。他不仅以诗歌为武器，像战士一样为黑人的解放而战斗，赢得了"奴隶的歌手"的称号，而且还参加创立了一些反对奴隶制度的团体，掩护逃亡的黑人奴隶，照料他们的生活。他创作的以黑人奴隶为题材的诗作铿锵响亮、节奏感强,不仅富有战斗性,而且也极富艺术感染力。卡斯特罗·阿尔维斯用诗歌鼓动人民为建立一个公正的社会而战斗,这些诗歌不仅对当时反对封建帝制和奴隶制的斗争起到了激励的作用,而且对巴西人民后来为争取建立一个自由民主的社会所进行的斗争也具有鼓舞意义。正因为如此,人们一直把诗人的名字和自由、民主、真理、正义联系在一起,使其具有了象征意义。卡斯特罗·阿尔维斯不仅是一位充满战斗精神的伟大诗人,同时也是一位杰出的爱情抒情诗人,留下了许多交口称誉的传世佳作。他的爱情抒情诗豪放洒脱,感情真挚,想象力丰富,充满了年轻人的激情,直接而大胆地讴歌了女性之美。巴西充满热带色彩的大自然风光也是诗人灵感的源泉之一。他热爱大自然,赞美大自然,喜欢在荒野里信步漫游和狩猎。他的诗作生动地描述了大自然绚丽多姿的景色,也表达了他身处大自然时自由自在的心境。一言以蔽之,卡斯特罗·阿尔维斯不仅是最杰出的浪漫主义诗人之一,而且也是巴西文学史上最优秀的诗人之一。

圣保罗市远征队纪念碑

2. 浪漫主义小说

巴西小说的创作始于浪漫主义时期。

1839年至1843年期间,巴西虽然已有几部小说问世,却都是些完全模仿欧洲小说模式的平庸之作。1844年,曼努埃尔·德·马塞多(Manuel de Macedo, 1820—1882)的富有传奇性的爱情小说《褐色女郎》(*A Moreninha*)一书出版,在题材和风格上都体现了巴西小说的民族特点,因此被视为第一部真正的巴西小说。此后,马塞多又陆续写出十余部小说,但是这些小说内容经常彼此重复,人物缺乏真实感,显得贫乏和肤浅,随着时间的推移而渐渐失去了价值。马塞多的历史作用在于,他是使人们对小说产生兴趣的第一人,是首先把巴西社会和自然风貌写进小说的一位作家,因而被视为巴西小说的开创者。

曼努埃尔·德·马塞多

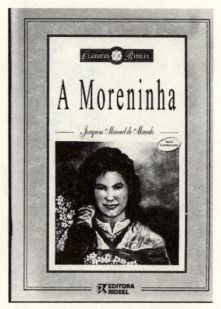

《褐色女郎》

浪漫主义时期最重要的小说家首推若泽·德·阿伦卡尔（José de Alencar, 1829—1877），是他把小说创作真正提高到文学艺术的高度，从而成为巴西小说的实际奠基人。1857年，他的成名作长篇小说《瓜拉尼人》(O Guarani) 一书问世，确立了他在巴西文学史上的地位。阿伦卡尔一生创作甚丰，题材十分广泛，写巴西历史也写巴西的现状，写城市也写农村，写沿海地区也写腹地，写南方也写北方。他的全部著作就像一部百科全书，从中可以看到巴西民族形成及发展的历史，看到巴西社会的整个风貌。巴西作为一个新生的年轻国家，一方面生活着已经文明化的欧洲殖民者，另一方面生活着处于原始状态的印第安人。如何把这种对立的双方联合在一起，形成一个新的巴西民族和民族精神呢？巴西浪漫主义作家认为，出路在于种族融合。于是他们便把目光投向土著印第安人，力图在美洲本土主义中寻找自己的民族意识。因此，以印第安人为题材的作品在巴西浪漫主义时期的小说创作中占有一种特殊的地位，阿伦卡尔则是这方面的一位典型的代表作家。其成名作《瓜拉尼人》以及另一部脍炙人口的传世之作《伊拉塞玛》(Iracema, 1865) 等均属于这一类作品。《瓜拉尼人》讲述的是巴西被葡萄牙人征服后印第安人和欧洲白人混血的过程，小说的结尾象征着以佩里为代表的印第安人和以塞西莉娅为代表的欧洲白人必然要融合成一体，一个新的巴西民族就要由此诞生。在《伊拉塞玛》中，美丽纯洁

若泽·德·阿伦卡尔

《伊拉塞玛》

的印第安少女伊拉塞玛与葡萄牙白人武士莫雷诺相识并一见钟情,两个人的爱情在克服了种族偏见、部族敌视和经历了种种磨难之后终于开花结果,巴西第一个印第安人和白人的混血儿莫西阿尔降生到了人世。莫西阿尔的降生象征着巴西民族业已形成。阿伦卡尔以印第安人为题材的小说,通过神话传说追溯了巴西民族的起源和形成过程。作家以抒情的笔调虚构了一个诗情画意般的神话世界,通过丰富的想象力,把印第安人和巴西的自然风貌都加以理想化。在作家笔下,印第安人正直、纯洁、忠贞、善良,巴西的森林、瀑布、河流、草原等自然景色和形形色色的热带动植物绚丽多彩。一些评论家把阿伦卡尔的这类小说称为"欧洲浪漫主义程式与新生美洲主义的混合体"。综观阿伦卡尔的全部创作,强烈的民族主义情绪使作家笔下的巴西人以及巴西的自然景色都带上了浓厚的理想主义色彩。阿伦卡尔不仅以巴西人和巴西景物作为其小说的描写对象,而且在语言上使用的也是在巴西流行的葡萄牙语和方言,创作出了有别于葡萄牙的、具有巴西特色的作品,确立了巴西小说的风格和语言,从而为巴西民族文学的创立和发展作出了杰出的贡献。

应该提及的浪漫主义时期的小说家还有贝尔纳多·吉马朗埃斯(Bernardo Guimarães,1825—1884),主要作品有《女奴伊佐拉》(*A Escrava Isaura*,1875)和《神学院里一学生》(*O Seminarista*,1872);陶奈(Taunay,1843—1899),代表作品为《伊诺森西娅》(*Inocência*,1872)和《拉古纳的撤退》

贝尔纳多·吉马朗埃斯

《女奴伊佐拉》

(*A Retirada da Lagura*, 1874);曼努埃尔·安东尼奥·德·阿尔梅达(Manuel Antônio de Almeida, 1831—1861),以其唯一一部长篇小说《一名军士的回忆》(*Memórias de um Sargento de Milícias*, 1855) 而立足于巴西文坛。需要指出的是,陶奈的小说中现实主义倾向已十分明显,因此他通常被视为一位从浪漫主义向现实主义过渡的小说家。阿尔梅达的《一名军士的回忆》被认为是巴西现实主义小说的雏形,因而作家被看成是巴西现实主义小说的先驱。

三、现实主义时期文学

19世纪50年代,现实主义文学开始在欧洲一些国家取代浪漫主义,成为占主导地位的文学思潮。受葡萄牙现实主义文学运动的先锋"七十年代派"的影响,圣保罗市和累西腓市的一批青年作家撰文猛烈抨击浪漫主义文学,为巴西现实主义文学运动的崛起鸣锣开道。1881年,马查多·德·阿西斯(Machado de Assis, 1839—1908) 的《布拉兹·库巴斯的死后回忆》(*Memórias Póstumas de Brás Cubas*) 和阿卢伊西奥·阿塞维多(Aluísio Azevedo, 1857—1913) 的《姆拉托》(*O Mulato*) 两部长篇小说先后问世,标志着巴西现实主义文学运动的开始。和浪漫主义文学作品中的理想主义传统相反,现实主义文学作品中的悲观主义色彩十分浓厚。在题材上也与浪漫主义文学作品不同,现实主义文学作品所触及的很少是历史的或现实的重大事件,而多是日常生活琐事,以小见大来反映和揭示社会的面貌,因而更加具有普遍意义。巴西现实主义文学主要由现实主义(包括自然主义)小说和帕尔纳斯派诗歌两个部分组成。

在小说领域,主要代表人物当属马查多·德·阿西斯,他被同代人称为"首屈一指"和"独一无二"的作家。时至今日,巴西文坛几乎一致公认他是迄今为止巴西"历代最伟大的作家"。马查多·德·阿西斯出身贫寒,且口吃和患有癫痫病,只上过小学,完全凭借自己的顽强努力,在文学创作上取得了辉煌的成就,成为巴西文学院首任院长。正因为如此,他不仅被巴西

马查多·德·阿西斯

人看成是一位天才,更被视为"自学成才"的典范和"坚持不懈、自强不息"精神的象征,从而成为巴西人民心目中的骄傲。其一生著作甚丰,包括诗歌、戏剧、通讯、文学评论以及长篇和短篇小说等各种体裁的文学作品,然而把他推上巴西文坛独尊地位的乃是他的长篇小说和短篇小说。马查多·德·阿西斯共创作了九部长篇小说,前四部属于当时盛行的浪漫主义小说。他的第五部长篇小说《布拉斯·库巴斯的死后回忆》于1881年成书出版。在这部作品中,作家不仅最终确立了自己独特的写作技巧与风格,而且创作指导思想也发生了根本变化。因此,这部小说成了其前期浪漫主义小说和后期现实主义小说的分水岭,它的出版标志着作家的创作进入了一个新的阶段。《布拉斯·库巴斯的死后回忆》以及其后出版的《金卡斯·博尔巴》(*Quincas Borba*,1891)和《堂卡斯穆罗》(*Dom Casmurro*,1899)充分展示了马查多·德·阿西斯现实主义小说的特色,是他的代表作,集中地体现了作家的创作思想和艺术才华,被巴西文学界称为"不朽的三部曲"。

《布拉斯·库巴斯的死后回忆》的主人公布拉斯·库巴斯是个富有的单身汉,64岁时病逝,小说通过他死后的回忆,以第一人称形式讲述了他生前的种种经历以及他对社会所做的观察与分析。按照常理,一个死去的人是不可能回忆起他的一生的,作家所以把现实和虚幻交织在一起,目的在于通过死人之口可以

《布拉斯·库巴斯的死后回忆》

《金卡斯·博尔巴》

更加深刻无情地揭示社会的现实,因为"坦率是死者的首要美德"。已经离开人世的布拉斯·库巴斯回首往事时,面对人生和人类只能报以苦笑,结论是"我对生命毫无留恋"。这部作品的哲理性较强,由于作家采取边述边议的形式,这就为他借主人公之口表达其对哲学、伦理学、宗教以及社会的方方面面的看法提供了讲台。这部小说内容深刻,形式完美,充分体现了作家创作已完全进入了成熟期,无愧为巴西文学史上的一部经典著作。《金卡斯·博尔巴》的主人公鲁比昂是个安分守己、头脑简单的乡村教师,意外地从自称是人性主义哲学体系的创建者金卡斯·博尔巴那里继承了一笔巨额遗产。为了接受这笔遗产,鲁比昂从穷乡僻壤来到繁华的首都。这笔遗产改变了鲁比昂的生活,酿成了他的悲剧,最后他不仅破产,而且丧失了理智,带着自己是伟大皇帝的幻想离开了人世。小说通过他的这一悲剧,真实而细腻地描绘了资产阶级社会的种种卑鄙龌龊的思想和行为,揭示了资产阶级伦理道德的沉沦与腐朽,无情地嘲弄了社会现实。作家以幽默诙谐的笔触,生动而形象地揭示出人物的心理活动,把趋炎附势、尔虞我诈、忘恩负义、巧取豪夺、虚伪浮华、互相倾轧等等社会现象深刻而真实地展现在读者面前。《金卡斯·博尔巴》的故事性较强,作家在谋篇布局方面手法高明,深刻的内容、成功的心理描写、准确又不失幽默的语言,这一切都使《金卡斯·博尔巴》成为作家的又一部传世的经典作品。《堂卡斯穆罗》的内容由已步入暮年的主人公本托的回忆构成。本托和卡皮图青梅竹马,后喜结良缘。本托与同窗埃斯科巴尔结为莫逆之交,是情同手足的挚友。埃斯科巴尔后与卡皮图的好友桑莎结为夫妻。两家人亲如一家,关系十分密切。卡皮图生下一子,取名埃泽基埃尔。本托发现,埃泽基埃尔走路很像埃斯科巴尔,这使他甚感不快。后来埃斯科巴尔下海游泳不幸溺水身亡,在他的葬礼上,本托通过对卡皮图的举止和神态的观察,认定她与埃斯科巴尔的关系非同寻常。埃泽基埃尔渐渐长大,不仅眼睛,而且面孔、身材甚至声音都酷似埃斯科巴尔。本托深信卡皮图与埃斯科巴尔曾有过奸情,埃泽基埃尔不是自己亲生儿子。他终于决定和卡皮图分手,后卡皮图病死于瑞士,埃泽基埃尔在国外进行科学考察时不幸被伤寒夺去了生命,只剩下本托孑然一身活在世上。卡皮图与埃斯科巴尔究竟是否有染,小说里一直没有明确,读者也难以做出判断,这已成为一个无法猜透的千古之谜,至今文学评论家们依然众说纷纭,莫衷一是。然而,历代文学评论家在下述一点上却取得了共识,即《堂卡斯穆

劳尔·蓬佩亚　　　　　　　阿卢伊西奥·阿塞维多

罗》绝非描写奸情的陈腐平庸之作，而是一部心理分析极其细腻深刻的杰出作品。贯穿全书的是本托对爱妻和挚友产生疑心而引起的心理变化过程，作家如同一位高明的外科医生，通过敏锐观察和冷静分析这把手术刀，剖开了本托灵魂的最深处，把他的哪怕是瞬间即逝的心理活动都揭示出来。

在上述三部属于现实主义的作品中，作家刻意挖掘人物的内心世界。由于对人物心理活动细致入微的成功描写，马查多·德·阿西斯被誉为"人类灵魂的探索者"，被公认是巴西第一位和第一流的心理小说家。在他的笔下，社会现实生活犹如一场悲剧，人类则完全丧失了理性，作品具有浓重的怀疑和悲观色彩。注重人物的心理描写和带有悲观色彩的嘲讽构成了马查多·德·阿西斯现实主义小说的两大鲜明特点。作家尽量使小说的文字口语化，真正做到了通俗而又不失文雅，他的简明、精练、准确而又诙谐幽默的语言为巴西葡萄牙语的发展起到了划时代的作用，他所赋予葡萄牙语词汇的含义至今仍是最具权威的标准。一言以蔽之，马查多·德·阿西斯的这些作品内容深刻，形式完美，语言精妙，把巴西小说的创作推向了一个新的高度。

这一时期主要的现实主义小说家还有前面提及的阿卢伊西奥·阿塞维多以及劳尔·蓬佩亚 (Raul Pompéia，1863—1895)。阿塞维多的成名作是1881年问世的长篇小说《姆拉托》。"姆拉托"在葡萄牙语中意为黑白混血儿，这部小说通过圣路易斯市不能接受与容纳一个受过高等教育的姆拉托这一事实,对当时存在的根深蒂固的种族偏见和种族歧视的传统观念进行了尖锐的抨击。其代表作为1890年出版的长篇小说《大杂院》(*O Cortiço*)一书。《大杂院》是19世纪末期里约热内卢市新生的无产阶级生活的真实写照,自始至终都充满了悲剧色彩。作家强调社会环境对人性的影响,指出是种族歧视和人剥削人的制度造成了人间的种种悲剧,从而对不公平的社会进行了猛烈的鞭挞。劳尔·蓬佩亚的代表作是1888年问世的长篇小说《寄宿学校》(*O Ateneu*)。揭开虚假外表的伪装,这个名为学校的地方实际上乃是个藏污纳垢的场所。作家对寄宿学校生活充满痛苦的描写和对人物所进行的漫画式的勾勒,使这部作品具有浓厚的悲观主义色彩。作家善于用细腻的笔触表达情感,形成了自己的"艺术文笔",使这部小说成为巴西优秀的文学作品之一。

在诗歌领域,受法国帕尔纳斯派和葡萄牙"七十年代派"的影响,巴西诗歌从19世纪70年代起,开始由浪漫主义转向帕尔纳斯派。到了80年代,帕尔纳斯派诗歌已成为巴西诗歌的主流。巴西的帕尔纳斯派虽然也反对浪漫主义诗歌,但又并未与之彻底决裂。在诗歌内容方面,他们既以现实生活为题材,也以普遍存在的事物为题材。在诗歌形式上,他们追求唯美主义,注意词句的雕琢,但在格律和语言方面刻意达到尽善尽美的同时,又没有抛弃浪漫主义的华丽色彩,流露出了浪漫主义诗人所具有的纤细哀愁的情感。巴西帕尔纳斯派诗歌延续的时间甚久,在象征主义诗歌以及现代主义诗歌问世之后依然没有衰落,在很长一段时间内依然是巴西诗歌的主流。巴西帕尔纳斯派诗歌的代表人物有如下几位:

奥拉沃·比拉克(Olavo Bilac,1865—1918),不仅在帕尔纳斯派诗歌盛行时期,而且至今仍然是拥有读者最多的巴西诗人之一。他在为自己第一部作品《诗集》(*Poesias*,1888)所写的序诗《信仰的表白》(*Profissão de Fé*)被视为巴西帕尔纳斯派的宣言。在这首序诗中,诗人表明了自己的创作主张:

奥拉沃·比拉克

> 揉搓、润饰、琢磨、推敲
> 每一个句子，到最后
> 在金子般的诗句上，
> 镶嵌上宝石般的韵脚。

追求诗歌形式的尽善尽美以达到无懈可击的程度，主张诗人应该像精工巧匠雕金琢玉一样对作品进行反复推敲，这是贯穿在奥拉沃·比拉克全部诗歌创作中的一条原则。他的诗歌格律严谨，韵脚丰富，用词讲究，其所创作的十四行诗形式完美，又有一定的思想深度，给人以启迪，可以与用葡萄牙语创作的最优秀的十四行诗相媲美。正因为如此，其作品受到广大读者的热烈欢迎。赖蒙多·科雷亚（Raimundo Correia，1860—1911），他的作品语言凝练准确，韵脚和谐且富于音乐感。格律的严谨，用词的考究，使他的一些诗篇成为传世佳作。赖蒙多·科雷亚认为，世界和人类充满着无法避免的邪恶与痛苦，一切事物连同生命本身都仅仅是过眼烟云，不能长久，因此他的作品具有鲜明的痛苦、忧愁、怀疑和悲观的色彩。诗人关注社会问题，对一些带有普遍意义的事物进行了探索，在揭示人类痛苦的同时，对一系列问题提出了自己带有哲理性的看法，因此他也被称作是一位哲理诗人。维森特·德·卡尔瓦略（Vicente de Carvalho，1866—1924），主要创作爱情抒情诗和描绘大自然景色的诗。他的爱情抒情诗从葡萄牙传统的爱情抒情诗中吸取了营养，尤其深受葡萄牙16世纪伟大诗人卡蒙斯的影响。他的描绘大自然景色的诗作与浪漫主义诗人的作品不同，在主观抒情与客观描写之间，显然更加强调后者。他尤其喜爱以大海为题材，赋予大海以神秘的色彩，把它看作是自由、无垠、温柔或狂怒的象征。他的诗作语言明快易懂，风格简朴，使人倍感真挚亲切，正因为如此，维森特·德·卡尔瓦略成为现代主义文学兴起之后依然能受到读者欢迎的少数几位帕尔纳斯派诗人之一。

在帕尔纳斯派诗歌兴起之际，受法国象征主义派诗歌影响，克鲁斯·伊·索萨（Cruz e Sousa，1861—1896）于1893年出版了诗集《盾》（*Broquéis*）和散文集《弥撒书》（*Missal*），开创了巴西象征主义诗歌先河。在巴西，象征主义派诗人和帕尔纳斯派诗人之间并没有隔着鸿沟，一些帕尔纳斯派诗人的作品体现了象征主义诗歌的某些特色，而象征主义派诗人则同帕尔纳斯派诗人一样，

克鲁斯·伊·索萨

阿尔蓬苏斯·德·吉马拉恩斯

也努力追求着诗歌形式的严谨。象征主义诗歌在巴西历时很短,当时并未被诗坛和读者所接受。然而它对后来兴起的巴西现代主义诗歌却产生了潜移默化的影响。正因为如此,当现代主义文学运动兴起之后,象征主义诗歌受到了应有的评价,其代表人物也得到了应有的地位,被置于巴西文学史上重要诗人的行列。除上面提及的克鲁斯·伊·索萨外,巴西另一位重要的象征主义派诗人是阿尔蓬苏斯·德·吉马拉恩斯(Alphonsus de Guimaraens, 1870—1921)。

生活在黑人奴隶制尚未废除的年代,身为黑人的克鲁斯·伊·索萨一生历尽了各种痛苦和磨难。他是把象征主义诗歌引入巴西的第一人,这位被称为"黑天鹅"的诗人饱尝了种族歧视和压迫之苦,他的作品描写了他的苦闷和向往,反映了他的内心矛盾:因所处的低下的社会和种族地位而感到的压抑与力图改变这种地位的渴望。在他的诗歌里,诗人固执地使用着体现白色的词汇(例如雪、银和月光等),表达了他要使自己上升到白种人社会的强烈愿望,而这种白色又经常与诗中代表着夜色的黑沉(例如痛苦、神秘和死亡等)的形象形成鲜明的对比,造成了具体又抽象的奇妙组合,从象征性的语言中反映了诗人的生活经历、痛苦和情感。在一首名为《囚禁灵魂的监狱》(*Cárcere das Almas*)的十四行诗中,诗人用监狱、地牢、镣铐、铁栅象征人的躯体,通过黑暗、残忍、悲哀、孤独、沉痛等词汇喻义人生的痛苦,无垠的苍穹、洁净的太空、天国的神秘大门则表达了诗人的渴望,在表达生活悲苦的同时,反映了诗人希望在神秘的幻想中寻求解脱的愿望。悲歌式的情调、朦胧中的憧憬、充满渴望的幻想,这就是这位深感压抑的诗人所创作的诗歌特有的基调。克鲁斯·伊·索萨十分注重诗歌的技巧,同时他的作品又极富象征主义诗歌的强烈音乐感和启示的力量。然而,这位博学多才和具有诗歌天赋的诗人生不逢时,死后才渐受尊崇,并最终在巴西文学史上确立了自己的地位。阿尔蓬苏斯·德·吉马拉恩斯的真名为阿方索·恩里克斯·达·科斯塔·吉马朗埃斯(Afonso Henriques da Costa Guimarães),他的诗歌作品多为爱情抒情诗和宗教诗。他的爱情诗优雅、纯真,更为注重精神方面。作为一名虔诚的天主教徒,出于对宗教的信仰,他写出了一些极为美好的讴歌宗教的诗篇,因此被誉为"杰出的宗教诗人"。其诗歌风格简朴,通俗易懂,十分流畅,有着近似歌谣般的轻快与柔和的音乐感,形象、对比、隐喻和象征都有着迷人的感染力。和克鲁斯·伊·索萨一样,阿尔蓬苏斯·德·吉马拉恩斯在世时不为当时诗坛所理解甚至受到非难。如今,他被视为巴西象征主义派最重要的代表诗人之一。

四、20世纪巴西现代文学

19世纪末至20世纪初,巴西文学没有什么新的突破,巴西文学院作为官方文学的代表,成了因循守旧维持传统的保守势力的化身。正当官方文学处于停滞不前之际,巴西出现了几位不为文坛权贵所接受的民众作家。这些作家面对巴西社会现实,批判地分析和研究巴西所面临的问题,写出了反映和抨击巴西社会现实的力作,冲击并推动了巴西文学的向前发展。由于这些作家对社会现实所采取的态度与1922年以后兴起的现代主义文学运动相似,因此巴西文学评论界通常把这一时期称为先现代主义时期。1902年,格拉萨·阿拉尼亚(Graça Aranha,1868—1931)的长篇小说《迦南》(Canaã)和欧克利德斯·达·库尼亚(Euclides da Cunha,1866—1909)的《腹地》(Os Sertões)问世,以此为标志,巴西文学进入了先现代主义时期。先现代主义时期的代表作家有如下几位:

格拉萨·阿拉尼亚,代表作《迦南》是一部介于论文与小说之间的作品,被称为思想小说。小说触及了20世纪初期巴西最基本的社会问题之一——移民

第十章 巴西文学

欧克利德斯·达·库尼亚

《腹地》

问题。格拉萨·阿拉尼亚后来积极参与了巴西现代主义文学运动，并成为这一运动的主要倡导者和领袖人物之一。利马·巴雷托（Lima Barreto，1881—1922），代表作是1915年出版的长篇小说《波里卡尔布·夸莱斯马的悲惨结局》(*Triste Fim de Policorpo Quaresma*)。在这部小说中，作家塑造了夸莱斯马这样一个颇似堂吉诃德的人物，通过他的种种不幸遭遇和悲惨结局，抨击了巴西社会中形形色色的官僚。欧克利德斯·达·库尼亚，以传世之作《腹地》一书而名垂巴西文学史册。1896年，巴西爆发了震惊全国的卡奴多斯农民起义，政府派军队前往镇压，欧克利德斯·达·库尼亚以记者身份随军进行采访，《腹地》一书便是一部对这场巨大的历史悲剧进行纪实报道的不朽著作。卡奴多斯是巴西腹地的一个小镇，自然环境十分恶劣。这里的居民多为印第安人和混血种人，生活异常贫困，宗教情感十分强烈。一件小事引起了卡奴多斯农民的起义，政府却诬称起义农民要恢复帝制，派重兵进行远征镇压。起义农民顽强抵抗，宁肯牺牲也绝不投降，但终因寡不敌众而告失败。《腹地》一书由"腹地"和"斗争"两个部分组成。在第一部分，作家以其丰富的科学知识，对腹地的自然环境和腹地居民进行了研究。作家指出，巴西境内存在着两个相互对立的"巴西"，即沿海地区的"巴西"和腹地的"巴西"。由于自然条件优越，前一个"巴西"以城市为中心，那里经济发达，已进入文明社会。后一个"巴西"

是腹地广大的农村,那里自然条件恶劣,经济十分落后,还处于近似原始社会的阶段,与沿海地区形成鲜明的对比。第二部分"斗争"是全书的主要部分,是政府军残酷镇压起义农民的纪实,也是一曲对起义农民英勇顽强、宁死不屈的赞歌。欧克利德斯·达·库尼亚是巴西第一位以严谨的科学态度对巴西社会问题进行研究和分析的作家,他深刻而正确地指出,这次农民起义乃是两个不同的"巴西"彼此相互对立所造成的,过失不在起义农民,他们是牺牲品。政府对腹地人民恶劣的生活条件不闻不问,却盲目地派兵进行惨绝人寰的镇压,用屠杀这种简单的手段来消灭起义农民,此乃"共和政府的疯狂之举",是"莫大的罪恶",是"巴西历史上的一大污点"。《腹地》是一部难以归类的作品,欧克利德斯·达·库尼亚集地理学家、历史学家、人类学家、社会学家、思想家、小说家于一身,创作出了这部把理论性极强的科学论文与卡奴多斯农民起义的纪实报道融为一体的伟大著作。作家对卡奴多斯农民起义的始末不是通告式地加以简单的陈述,而是以诗人的激情和艺术家的手法作了感人肺腑的叙述和生动的描写,使作品具有一种不同凡响的美学价值,成为一部充满艺术魅力、用散文写成的伟大而悲壮的史诗,成为一部隽永耐读的传世名著,被誉为"巴西民族主义圣经"。《腹地》虽然不是一部纯粹的小说,却因其语言和风格的高度艺术性而被视为一部伟大的文学作品。它不仅是巴西文学史上一部重要的经典著作,而且被列入世界文学名著之林,成为世界文学宝库中的一份重要财富。欧克利德斯·达·库尼亚则因创作了《腹地》这样一部传世杰作不仅名垂巴西文学史册,而且被列入世界文化名人的行列,受到巴西以及世界人民的尊敬。欧克利德斯·达·库尼亚对巴西社会问题有着深刻的了解,对现实进行了大胆的批判,许多现代著名的巴西作家都程度不同地受到了他的影响,因此他也被看作是巴西现代主义文学的先驱,是巴西先现代主义时期最杰出的一位作家。

20世纪初期,在文学艺术领域,各种新的思潮正震撼着欧洲。在欧洲接受教育的巴西的一代年轻知识分子接触到了这些新的思潮,对巴西文学艺术的现状感到强烈不满,回国后便积极宣传欧洲各种新的文学艺术思想,力图革新巴西的文学艺术,于是巴西文学艺术界出现了大动荡和大辩论的局面。1922年正逢巴西宣布独立一百周年,巴西现代主义文学艺术的倡导者们决定在2月份于圣保罗大歌剧院举办"现代艺术周"活动。"现代艺术周"期间,巴西各现代主义流派的代表人物云集一处,公开宣布他们要为革新巴西的文学艺术而战斗。"现代艺术周"冲破了巴西文坛的沉闷局面,对巴西文学艺术走向现代起了决定性的推动作用,因此它成为巴西文学进入现代主义时期的一个正式标志。"现代艺术周"的影响很快波及整个巴西,巴西现代主义文学进入了它的第一阶段。尽管不同的文学团体和作家在创作主张上各不相同,但他们几乎一致认为文学作品应该反映社会现实和富有巴西民族特色。因此,了解和认识社会、暴露和批判巴西存在着的各种问题,以及强烈的民族主义色彩便成为巴西现代主义文学的一个基本特征。应该强调指出的是,巴西年轻一代作家所以从欧洲引进现代主义,目的是要革新巴西文学,因此巴西的现代主义文学既与欧洲的现代主义文学有联系,又有着自己的鲜明特点,已经不是原来意义上的欧洲的现代主义,两者不可同日而语。如果把巴西的现代主义文学称为巴西现代文学绝非没有道理,甚至可以说这才符合巴西文学的实际。在现代主义第一阶段,虽然很多作家并没有创作出很有价值的作品,但是他们的探索却为巴西文学的向前发展奠定了基础。这一阶段又被称作是"破坏性阶段",然而不破不立,以"现代艺术周"为开端的巴西现代主义第一阶段的主要贡献恰恰就在于此。这一阶段的文学创作以诗歌为主,主要代表人物有以下几位:

马里奥·德·安德拉德(Mário de Andrade,1893—1945),巴西现代主义文学运动的一位主要倡导者,也是巴西文学史上创作形式最为多样化的作家之一。他的作品旗帜鲜明地反对旧的传统观念,充满革新精神。1928年出版的《马库奈伊玛》(*Macunaíma*)是一部把印第安人、黑人和巴西腹地人的神话传说融为一体的长篇小说,力图反映巴西民族从形成直至20世纪的性格特点。作家在这部作品中使用了大量流传在巴西各地的民间谚语、成语和特殊习惯用语,力图使小说的用语民族化、巴西化。《马

马里奥·德·安德拉

库奈伊玛》在内容和语言上都极富巴西民族特色,成为这一阶段的一部重要作品。奥斯瓦尔德·德·安德拉德(Oswald de Andrade,1890—1954)是一位最具有战斗精神的现代主义文学的倡导者。他对传统文学持彻底否定的态度,提倡不为任何旧的观念所束缚,为创立一种现实的、自觉的和民族的文学而斗争。他的这种反对一切的主张引起了激烈的争议和非难,使他成为最受攻击和反对的一位现代主义作家。奥斯瓦尔德·德·安德拉德主要因其创作主张和积极参与革新巴西文学的活动而得以在巴西文学史上留名。曼努埃尔·班德拉(Manuel Bandeira,1886—1968),这一时期的杰出诗人,在现代主义第一阶段的作家中,他的作品流传最为广泛。他提倡自由体诗,不追求诗歌形式上的韵律,而是强调诗歌的内在节奏。主张革新诗的语言,把大众化的日常口语引进诗歌,力求使诗歌的语言简单、直接、自发和流畅。曼努埃尔·班德拉一生致力于诗歌的创作与研究,对传统诗歌和自由体诗歌都驾轻就熟,得心应手,其作品对同代乃至后来的诗人都产生了一定的影响。

到了20世纪30年代,巴西现代主义文学开始进入以小说创作为主的第二阶段。这一时期,巴西涌现出了一批颇具才华的小说家,被称为"东北部小说派"作家,他们创作出了一批优秀的地区性小说,在巴西文学史上留下了一页光辉的篇章。这些地区性小说完全突破了浪漫主义时期地区性小说的理想主义传统,如实地把农村生活展现在读者面前,开创了巴西地区性小说的一个新阶段。在此之前,从主体上讲,巴西文学一直是步葡萄牙和欧洲的后尘,深受西方文学的影响。东北部地区性小说则不再是消极地模仿西方,而是巴西作家以巴西广大读者为对象创作出的反映巴西社会现实的文学作品。可以这样说,正是以20世纪30年代为起点,巴西文学从接受葡萄牙和西方的影响开始转而影响到葡萄牙和西方。从这个意义上讲,它开创了巴西文学的一个崭新阶段,创立了可以称之为真正独立的巴西文学。"东北部小说派"的主要代表作家有如下几位:

第十章 巴西文学

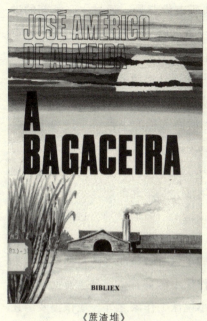

《蔗渣堆》

阿梅里科·德·阿尔梅达（Américo de Almeida，1887—1969），1928年发表长篇小说《蔗渣堆》（*A Bagaceira*），使他名扬全国，奠定了他在巴西文学史上的地位。《蔗渣堆》真实地描述了农民瓦伦廷一家因旱灾而颠沛流离、寄人篱下等不幸经历，通过瓦伦廷一家人的悲惨遭遇，对不公正的社会进行了大胆的谴责。《蔗渣堆》在创作手法（批判现实主义）和题材（东北部地区的干旱和农民的生活）上开了东北部地区小说的先河，标志着30年代东北部地区性小说的开始。格拉西利亚诺·拉莫斯（Graciliano Ramos，1892—1953），"东北部小说派"最孚众望的一位作家，代表作是1938年问世的《枯竭的生命》（*Vidas Secas*）。这部作品通过法比亚诺一家颠沛困厄的凄惨遭遇，以白描的手法，讲述了腹地人民在恶劣的自然条件和不平等的社会双重压迫下所过的痛苦而无望的生活。这部并不以情节取胜的作品篇幅不长，却高度概括了东北部腹地存在的各种问题，内容深刻，寄托了作家对底层人民的无限深情，被视为巴西文学史上的一部经典作品。若热·亚马多（Jorge Amado，1912—2001），1933年出版成名作《可可》（*Cacau*），以主人公科尔德罗回忆的方式，描写了可可庄园工人艰辛而悲惨的苦难生活，成为东北部地区性小说的代表作之一。1958年出版代表作《加布里埃拉》（*Gabriela, Cravo e*

若热·亚马多

Canela)。这部长篇小说以盛产可可的伊列乌斯市为背景，通过主张革新的进步势力与反对革新的保守势力之间的一系列斗争，以文学艺术形式再现了该市的发展过程和随之而来的社会风俗方面的变化。亚马多是巴西当代最受欢迎的一位小说家。他的作品不仅风行巴西全国，并在国外屡屡荣获各种文学奖，在世界文坛也享有相当高的声誉。若泽·林斯·多·雷戈（José Lins do Rego，1901—1957），一位以擅长描写甘蔗种植园生活而著称的小说家。1932年出版成名作《甘蔗种植园的孩子》（Menino de Engenho），但是他写的最为成功的作品乃是1943年问世的《死火》（Fogo Morto）。《死火》塑造了一批栩栩如生的人物形象，逼真地再现了甘蔗种植园里的生活，是东北部地区小说中的一部重要作品。拉谢尔·德·克罗斯（Rachel de Queiroz，1910— ），1930年出版的《一九一五年》（O Quinze）是她的处女作，也是她的成名作。小说以西阿拉州一场严重的旱灾为背景，生动而具体地展现了这一地区恶劣的自然条件和灾民的悲惨命运。拉谢尔·德·克罗斯在巴西女作家中名列首位，是巴西文学院的第一位女院士。20世纪30年代，除"东北部小说派"作家之外，应该提及的还有一位深受读者欢迎的城市小说家埃里科·维里西莫（Érico Veríssimo，1905—1975），其代表作是作家费时12年之久完成的由《大陆》（O Continente，1949）、《肖像》（O Retrato，1951）和《群岛》（O Arquipélago，1961）组成的《时间与风》（O Tempo e o Vento）三部曲，描写了南里约格朗德州从形成到1945年期间共计二百年的历史进程，是巴西当代文学中的一部重要作品。

在诗歌领域，20世纪30年代也涌现出如下一批优秀的诗人。

德罗蒙德·德·安德拉德（Drummond de Andrade，1902—1987），常以平凡的生活为题材，探索人生与世界。然而生活在世态炎凉的资本主义社会，这种探索只能使他产生一种悲观主义情绪。孤寂的情绪浸透着德罗蒙德的大部分作品，他的一首在巴西广为流传的名篇《若泽》（José）可说是这类诗歌的代表作。据说一名囚犯曾在法庭上朗诵了

德罗蒙德·德·安德拉德

第十章 巴西文学

穆里洛·门德斯

若热·德·利马

这首诗，使这首诗立即风靡全国。德罗蒙德被公认是20世纪巴西最杰出的一位诗人。这位被尊为大师的诗人，巴西的任何一家报纸和文学杂志都在头版至少刊登过他的一首诗或是诗评，以招徕读者，其影响之大由此可见一斑。他的作品已被译成多种外国文字，在世界诗坛上也享有很高的声誉。穆里洛·门德斯（Murilo Mendes，1901—1975），曾对宗教题材产生兴趣，成为一位宗教诗人，在巴西现代主义诗歌中形成了一个独特的流派。穆里洛·门德斯勇于探索，被认为是一位具有独创精神的现代主义诗人。受超现实主义的影响，他的作品显得扑朔迷离，通常难以为一般的读者所理解。若热·德·利马（Jorge de Lima，1895—1953），曾写过以黑人生活为题材的诗歌，这些作品既有巴西原始民歌的韵味，又有着非洲黑人音乐的节奏感，琅琅上口，巴西色彩十分浓重，其中最有代表性的作品是脍炙人口的名篇《那个黑女人富洛》（*Essa Negra Fulô*）。后期创作倾向于富有宗教和神话色彩的现代史诗，具有超现实主义和新象征主义的特征。维尼休斯·

维尼休斯·德·莫赖斯

塞西莉娅·梅雷莱斯

吉马朗埃斯·罗萨

德·莫赖斯（Vinicius de Morais，1913—1980），以"爱情诗人"而著称。他的爱情抒情诗突出男女之间的性爱关系，由于情真意笃，形式精美，其中一些诗篇已成为传世之作。诗人曾为流行歌曲和桑巴舞曲配写过大量歌词，这些歌词远比他创作的诗歌作品更为人们所熟知，也许这才是诗人在巴西享有盛名的主要原因。塞西莉娅·梅雷莱斯（Cecília Meireles，1900—1964），迄今为止巴西最杰出的一位女诗人。她虽然加入到现代主义诗人的行列，但又不追随任何一种流派，而是独树一帜，自成一体。这位女诗人兼收并蓄，既利用传统诗歌形式，又借鉴现代主义诗歌的表现手法，力求使作品达到完美与纯正。其诗歌创作技巧几乎达到了炉火纯青的地步，并渐渐形成了自己独特的风格，成为巴西文学史上优秀诗人之一。

1945年前后，巴西的小说和诗歌创作又有了新的发展，涌现了一些锐意革新的作家，被称为"45年代派"。在小说领域，主要作家首推吉马朗埃斯·罗萨（Guimarães Rosa，1908—1967），其代表作是1956年出版的《广阔的腹地：条条小路》（*Grande Sertão：Veredas*）。这部长篇巨著以腹地为背景，描写的是土匪的生涯。小说以主人公奥巴尔多对往事的回忆为线索（通篇都是主人公的独白），时间和空间都随着他的回忆而不断跳跃变化。在追忆昔日土匪生涯时，又讲述了如今他对往事的思考与分析。作家把腹地视为整个世界的缩影，通过富有鲜明地区特色的题材，提出了一系列超越时代和地域范畴的有关人类命运和人生意义的共同性问题，从而使这部地区性小说成为一部具有普遍意义的作品。作家通过富有诗意的想象，给现实披上了一层幻想的

《广阔的腹地：条条小路》

色彩，使作品产生了一种神秘感，使腹地不仅成为人们赖以生存的自然环境，而且成为主宰人们活动的一种奇妙力量。吉马朗埃斯·罗萨曾在腹地行过医，因此精通腹地语言和熟悉腹地的风土人情。在这部作品中，作家大量使用腹地的典型语汇，把腹地的口头语言变成了可以用书面表达的用语。此外，他还打破了散文与诗歌的严格界限，使小说的语言也富有节奏感和音乐感，并像诗歌一样具有抒情色彩，既含意深奥，又十分流畅和口语化。在《广阔的腹地：条条小路》的创作中，吉马朗埃斯·罗萨对小说的文体、语言等诸方面都进行了大胆的革新，被认为是巴西第一位从世界角度成功地描绘一个地区的作家。这部充满独特艺术魅力的作品被视作巴西20世纪当代小说中的一座高峰，不仅受到巴西文坛的高度赞扬，同时也备受世界文坛的重视与赞赏，为巴西文学赢得了国际声誉。正因为如此，吉马朗埃斯·罗萨不仅被视为"45年代派"最优秀的作家，而且被誉为巴西文学史上最杰出的作家之一。"45年代派"应该提及的作家还有克拉丽塞·莉斯

《濒于冷酷的心》

克拉丽塞·莉斯佩克托尔

佩克托尔（Clarice Lispector，1924—1977），这位女小说家的创作深受詹姆斯·乔伊斯和维吉尼亚·吴尔夫等作家的影响，其作品集中笔墨探索人物的心理活动，通过独白、内省、暗示、隐喻、象征等手法揭示人物的内心世界。当时欧洲现代派的写作手法在巴西尚鲜有作家使用，因此她的作品的问世曾给人以耳目一新的感受。其成名作是1944年出版的《濒于冷酷的心》（*Perto do Coração Selvagem*）。

在诗歌领域，"45年代派"诗人摈弃了现代主义诗歌中的随意性，主张诗歌形式的严谨，注重诗歌创作的技巧，强调作品的普遍意义，力图为巴西诗歌创作开辟出一条新路，但却未能如愿以偿，成就远不及30年代的诗人。其中最著名的诗人当属若昂·卡布拉尔（João Cabral，1920—1999）。他主张诗要凝练，十分注重诗歌结构与形式的完美。他认为诗应该具有激情，但又要有所节

若昂·卡布拉尔

制,力图使用"金属语言",保持一种冷峻的抒情色彩。若昂·卡布拉尔写过一些以社会问题为题材的作品,描写了腹地人民的贫困与苦难,反映了社会的种种不公正现象,其中以长篇叙事诗《塞韦里诺的生与死》(*Morte e Vida Severina*, 1956) 最为成功,被视为他的代表作。若昂·卡布拉尔是第二次世界大战之后登上巴西诗坛的声望最高的一位诗人,其作品已被译成多种外国文字,引起了国际诗坛的重视与赞赏。

《塞韦里诺的生与死》

奥斯曼·林斯

阿多尼亚斯·菲略

达尔通·特雷维桑

20世纪50年代以来,又有一批作家陆续登上巴西文坛,其中有些作家已经奠定了他们在巴西文学史上的地位。在小说方面,主要作家有如下几位:奥斯曼·林斯(Osman Lins, 1924—1978),他的小说讲究语言的运用,内容偏重从人的生物本能的角度来揭示人生,作品曾多次获奖。阿多尼亚斯·菲略(Adonias Filho, 1915—),以地区性小说而蜚声巴西文坛,作品具有较深刻的社会意义。达尔通·特雷维桑(Dalton Trevisan, 1925—),巴西当代最优秀的一位短篇小说家,善于捕捉日常生活中瞬间发生的一事一景,一篇篇小说犹如多棱镜一样,客观而冷峻地展示了社会生活的方方面面。莉吉娅·法贡德斯·特莱斯（Lygia Fagundes Telles，1923— ），50年代以后崛起的当代最负盛名的一位女作家。她的作品主要反映社会伦理道德沦丧和社会风气的败坏，文笔细腻，结构和谐完整，获得过多种文学奖项。70年代以后，又有一些小说家登上文坛，其中引人注目的有卢伊斯·费尔南多·维里西莫（Luis Fernando Veríssimo，1936— ）和马尔西奥·索扎（Márcio Souza，1946— ）。还有一位需要特别提及的作家，此人便是步入世界畅销书作家行列的保罗·科埃略（Paulo Coelho，1947— ），其代表作《炼金术士》（*O Alquimista*，1988）不仅风靡巴西，

莉吉娅·法贡德斯·特莱斯

马尔西奥·索扎

卢伊斯·费尔南达·维里西莫

而且享誉世界,但能否最终在文学史上留名,尚待未来的文学史家们做出公允的选择。在诗歌领域,作品数量虽然很多,但却少有深孚众望的诗人脱颖而出。一个值得注意的现象是,具体派诗歌在20世纪50年代形成了自己的理论,出现了一个高潮时期。具体派诗人一味追求空间、视觉和听觉的新奇效果,反对诗歌表达任何题材,他们的创作与本来意义上的诗歌已无共同之处。正是基于这一原因,他们的作品未能引起读者的兴趣,到了70年代,具体派诗歌便已走向

保罗·科埃略

衰落与消亡,巴西诗坛各种流派同时并存,呈现出了另一番景象。70年代以来,又有一批新人在巴西诗坛崭露头角,但迄今为止,尚未涌现出在国内外都能享有盛誉的诗人。

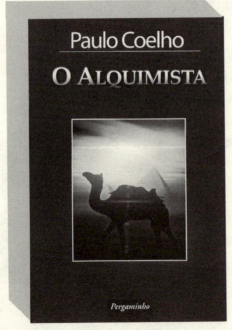

《炼金术士》

拉丁美洲文学大事年表

公元300—900年　　　　玛雅文化全盛时期
1200年　印加帝国开始在秘鲁高原建立
1325年　阿兹特克人建特诺奇蒂特兰城（现今墨西哥城）
1492年　哥伦布第一次航行美洲
　　　　（1566年西班牙传教士巴尔托洛梅·德·拉斯·卡萨斯出版《西印度史》*）
1519年　西班牙征服者科尔特斯率军入侵墨西哥，到达特诺奇蒂特兰城
　　　　（1552年西班牙征服者贝尔纳尔·迪亚斯·德尔·卡斯蒂略出版《征服新西班牙信史》*）
1533年　西班牙征服者皮萨罗杀害印加王阿塔瓦尔帕，攻占库斯科，秘鲁沦为西班牙殖民地
　　　　（1609年秘鲁历史学家印加·加尔西拉索·德·拉·维加出版《王家述评》*）
1553年　智利印第安人劳塔罗领导阿劳坎人起义
　　　　（1569年西班牙征服者阿隆索·埃尔西利亚-苏尼克出版《阿劳加纳》*）
1780年　秘鲁图帕克·阿马鲁二世领导印第安人大规模起义
1821年　秘鲁宣布独立
1823年　墨西哥成立联邦共和国
1824年　玻利瓦尔和苏克雷在胡宁战役大败西班牙殖民军
　　　　（1825年厄瓜多尔作家何塞·华金·德·奥尔梅多出版《胡宁大捷：献给玻利瓦尔的颂歌》*）
1864年　奥地利大公马克西米利亚诺被法国扶立为墨西哥皇帝
　　　　（1988年墨西哥作家费尔南多·德尔·帕索出版《帝国轶闻》*）
1868年　阿根廷作家多明戈·福斯蒂诺·萨米恩托当选总统，著有小说《法昆多》
　　　　（1838年阿根廷作家埃斯特万·埃切维利亚出版《屠场》；1851年何塞·马莫尔出版《阿玛利亚》*）

1892年　何塞·马蒂等人创立古巴革命党
1898年　古巴获得独立
　　　　（1882年古巴作家西里洛·比利亚维尔德出版《塞西利亚·巴尔德斯》*）
1910年　墨西哥爆发资产阶级民主革命
　　　　（1916年墨西哥作家马里亚诺·阿苏埃拉出版《在底层的人们》*）
1945年　智利女诗人加夫列拉·米斯特拉尔获得诺贝尔文学奖，著有《死的十四行诗》
1946年　庇隆当选阿根廷总统，作家博尔赫斯因反对庇隆被革除图书馆的职务，著有《杜撰集》等短篇小说、诗歌和散文
1947年　委内瑞拉作家罗慕洛·加列戈斯当选总统，著有《堂娜·芭芭拉》
1959年　菲德尔·卡斯特罗领导的古巴革命获得胜利
　　　　（诗人尼古拉斯·纪廉被任命为古巴作家和艺术家联合会主席，著有《音响的动机》*）
1968年　墨西哥爆发大规模反政府学生运动，大批师生被捕，诗人奥克塔维奥·帕斯为抗议政府对学生运动的血腥镇压，辞去驻印度大使的职务
　　　　（1977年墨西哥作家费尔南多·德尔·帕索出版《墨西哥的帕利努罗》*）
1970年　智利人民阵线在大选中获胜，阿连德就任总统
1971年　智利诗人巴勃罗·聂鲁达获得诺贝尔文学奖，著有长诗《漫歌》
　　　　（智利作家安东尼奥·斯卡尔梅达出版《聂鲁达的邮递员》*）
1973年　智利军人发动军事政变，阿连德总统以身殉职
　　　　（1982年智利作家伊萨贝尔·阿连德出版《幽灵之家》*）
1982年　哥伦比亚作家加西亚·马尔克斯获得诺贝尔文学奖，著有《百年孤独》
1990年　墨西哥诗人奥克塔维奥·帕斯获得诺贝尔文学奖，著有《太阳石》

* 为作家反映当时的历史事件创作的小说或诗歌

巴西文学大事年表

1500年　《佩罗·瓦兹·德·卡米尼亚奏折》标志巴西殖民时期文学的开始。

1601年　本托·特谢拉的史诗《拟声》在里斯本出版，标志巴西文学进入巴罗克时期。

1768年　克拉乌迪奥·曼努埃尔·达·科斯塔的《诗集》问世，标志巴西文学进入阿卡迪亚时期。

1836年　贡萨尔维斯·德·马加良埃斯在《尼特罗伊》杂志发表诗作《诗意的叹息与思念》，巴西文学由此进入浪漫主义时期。浪漫主义文学运动的兴起，标志着巴西文学由殖民文学时期过渡到民族文学时期。

1857年　巴西小说的真正奠基人若泽·德·阿伦卡尔的成名作长篇小说《瓜拉尼人》问世。

1881年　阿卢伊西奥·阿塞维多的《姆拉托》和巴西最杰出的作家马查多·德·阿西斯的《布拉兹·库巴斯的死后回忆》两部长篇小说同年问世，标志着巴西现实主义文学运动的兴起。

1902年　格拉萨·阿拉尼亚的长篇小说《伽南》和欧克利德斯·达·库尼亚的《腹地》一书问世，成为巴西文学进入先现代主义时期的标志。

1922年　主张革新巴西文化艺术的作家与艺术家在圣保罗市举办"现代艺术周"活动，标志着巴西文学正式进入现代主义时期。

1930年　"东北部小说派"的涌现开创了巴西文学的一个新阶段，巴西文学从单纯接受葡萄牙和西方的影响转而开始影响到葡萄牙和西方，创立了可以称之为真正独立的巴西文学。

1945年　"45年代派"的出现标志巴西文学进入现代主义第三阶段。

最新推出

当代国外文论教材精品系列

新世纪伊始，我们启动"集中引进一批国外新近面世且备受欢迎的文学理论教材力作"的译介项目，推出一套《当代国外文论教材精品系列》，对国外同行在"文学"、"文学理论"、"文学理论关键词"与"文学理论名家名说大学派"这几个基本环节上的反思与梳理、检阅与审视的最新战果，加以比较系统的介绍，以期拓展文论研究的深化，来推动我国的文学理论学科建设。

——周启超　主编

○ 文学学导论	〔俄〕	瓦·叶·哈利泽夫	42.00 元
○ 现代西方文学观念简史	〔英〕	彼得·威德森	28.00 元
○ 文学作品的多重解读	〔美〕	迈克尔·莱恩	22.00 元
○ 当代文学理论导读	〔英〕	拉曼·塞尔登	35.00 元

北京大学出版社

外语编辑部电话：010—62767347　　市场营销部电话：010—62750672
010—62755217　　邮购部电话：010—62752015
Email：zbing@pup.pku.edu.cn

★ THE AMERICAN NOVEL ★

GENERAL EDITOR
Emory Elliott
University of California, Riverside

《剑桥美国小说新论》由英国剑桥大学出版社在上世纪80年代中期开始陆续出书,至今仍在发行并出版新书,目前已有五十多种……

每本书针对一部美国文学历史上有名望的大作家的一本经典小说,论述者都是研究这位作家的知名学者。开篇是一位权威专家的论述,主要论及作品的创作过程、出版历史、当年的评价以及小说发表以来不同时期的主要评论和阅读倾向。随后是四到五篇论述,从不同角度用不同的批评方法对作品进行分析和阐释。这些文章并非信手拈来,而是专门为这套丛书撰写的,运用的理论都比较新,其中不乏颇有新意的真知灼见。书的最后是为学生进一步学习和研究而提供的参考书目。由此可见,编书的学者们为了帮助学生确实煞费苦心,努力做到尽善尽美。

北京大学英语系教授　陶洁

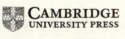

邮购部电话：010-62534449
市场营销部电话：010-62750672
外语编辑部电话：010-62765014

剑桥美国小说新论·1-33

书名	定价(元)	ISBN
1.《嘉莉妹妹》新论	20.00	978-7-301-11430-8
2.《兔子,跑吧!》新论	20.00	978-7-301-11431-5
3.《向苍天呼吁》新论	20.00	978-7-301-11385-1
4.《就说是睡着了》新论	25.00	978-7-301-11444-5
5.《我的安冬尼亚》新论	20.00	978-7-301-11379-0
6.《漂亮水手》新论	20.00	978-7-301-11386-8
7.《白鲸》新论	24.00	978-7-301-11457-5
8.《所罗门之歌》新论	20.00	978-7-301-11364-6
9.《慧血》新论	20.00	978-7-301-11380-6
10.《小镇畸人》新论	20.00	978-7-301-11389-9
11.《白噪音》新论	20.00	978-7-301-11366-0
12.《瓦尔登湖》新论	20.00	978-7-301-11381-3
13.《太阳照样升起》新论	20.00	978-7-301-11357-8
14.《喧哗与骚动》新论	25.00	978-7-301-11436-0
15.《了不起的盖茨比》新论	20.00	978-7-301-11358-5
16.《尖杉树之乡》新论	20.00	978-7-301-11410-0
17.《麦田里的守望者》新论	20.00	978-7-301-11462-9
18.《永别了,武器》新论	20.00	978-7-301-11377-6
19.《只争朝夕》新论	20.00	978-7-301-11359-2
20.《八月之光》新论	22.00	978-7-301-11412-4
21.《海明威短篇小说》新论	20.00	978-7-301-11411-7
22.《汤姆叔叔的小屋》新论	26.00	978-7-301-11472-8
23.《他们眼望上苍》新论	20.00	978-7-301-11461-2
24.《红色英勇勋章》新论	20.00	978-7-301-11395-0
25.《贵妇画像》新论	22.00	978-7-301-11433-8
26.《土生子》新论	20.00	978-7-301-11437-7
27.《去吧,摩西》新论	22.00	978-7-301-11409-4
28.《美国人》新论	22.00	978-7-301-11378-3
29.《最后的莫希干人》新论	20.00	978-7-301-11367-7
30.《豪门春秋》新论	22.00	978-7-301-11388-2
31.《亨利·亚当斯的教育》新论	22.00	978-7-301-11093-5
32.《拍卖第49号》新论	22.00	978-7-301-11382-0
33.《觉醒》新论	20.00	978-7-301-11435-3

原版影印　中文导读

西方文学原版影印系列丛书

经典前沿的西方文学理论宝库
科学权威的西方文学阅读写作教材

10813/I·0812　文学：阅读、反应、写作（戏剧和文学批评写作卷）（第5版）（附赠光盘）
L. G. Kirszner & S. R. Mandell
Literature: Reading, Reacting, Writing (Drama & Writing about Literature) (5th edition)

10812/I·0811　文学：阅读、反应、写作（诗歌卷）（第5版）（附赠光盘）
L. G. Kirszner & S. R. Mandell
Literature: Reading, Reacting, Writing (Poetry) (5th edition)

10811/I·0810　文学：阅读、反应、写作（小说卷）（第5版）（附赠光盘）
L. G. Kirszner & S. R. Mandell
Literature: Reading, Reacting, Writing (Fiction) (5th edition)

08266/H·1326　文学解读和论文写作：指南与范例（第7版）
Kelley Griffith
Writing Essays about Literature: A Guide and Style Sheet (7th edition)

06199/G·0827　观念的生成：主题写作读本　Quentin Miller
The Generation of Ideas: A Thematic Reader

10858/I·0816　柏拉图以来的批评理论（第3版）
Hazard Adams & Leroy Searle
Critical Theory since Plato (3th edition)

北京大学出版社

邮购部电话：010-62752015
市场营销部电话：010-62750672
外语编辑部电话：010-62765014　62767347